Sombras del miedo

Sombras del miedo

Relatos de terror Latinoamericano

Volumen 2

Varios autores

Contenido

La casita, por C. Eduardo Cervantes V. (Ecuador) 9

Las cuevas de San José, por Armando Gallardo (México) 12

El curioso libro de la biblioteca Bünher, por Bellany Lopez
(Colombia) 17

El regreso de la sombra, por Sandra García (Perú) 30

Sangre, por Axel Solache (México) 33

Sofía, por Andrea Arriagada (Chile) 40

El albergue, por Raúl Maldonado (US) 44

La cena de navidad, por Jorge Caroca M. (Chile) 56

La casa del bosque, por Jorge Rojas (Chile) 61

Antonia, por Jimena Cherry (México) 64

Zumbido de Malaria, por Necedad (México) 68

El 1, por Carlos Cortés (México) 74

Fumigación, por Matías Lara de Nicola (Chile) 83

La ventana, por Cristiano Martínez (Uruguay) 88

Barbijo blanco sin fin, por Edgardo Aníbal García (Argentina) 93

La carreta, por Carla Alvarado (México) 95

Amor de madre, por Mr.Eskiafo (Chile) 99

Psicosis en el Rosal de Stankovt, por Olga Arrauth (Colombia) 106

RESEÑAS BIOGRÁFICAS 113

La casita, por C. Eduardo Cervantes V. (Ecuador)

No sé cómo llegué ahí, pero ahí estaba. Era una hermosa campiña en la que el verdor de sus prados se veía interrumpido por una casita, la típica casa campestre con sus tejados triangulares, ventanas en todas sus paredes, y al fondo un majestuoso bosque detrás del cual había un espectacular acantilado.

Al acercarme a la casa pude observar que en la parte trasera había una prolongación de una de las paredes, pero estaba sin techo. Supuse que posiblemente era el patio para secar la ropa.

Mientras más me aproximaba a la casa, se clarificaba un gruñido y, de pronto, ¡apareció! Era un gran perro, no sé mucho de perros, pero me parecía que era una mezcla entre Akita y Samoyedo; en ese momento se me ocurrió bautizarlo como Cerbero.

Si bien es cierto que me gruñía y no me permitía acercar a la casa, poco a poco él se fue acercando a mí, eso sí, sin que yo pudiese acercarme a la casa.

En su acercamiento paulatino observé unos ojos llenos de ternura y de terror al mismo tiempo, además de un gran corte longitudinal por todo el lomo, en algunas zonas ya infectado y con mucho pus. Por obvias razones no traté de investigar más allá de lo que me permitía mi vista a dos metros de distancia.

A medida que el acercamiento de Cerbero se producía, empecé a escuchar un graznido muy lejano, el cual pausadamente se acercaba. Allá en el horizonte pude divisar un ave, que en principio creí que era un "chulo" o gallinazo. Poco a poco el ave se iba acercando y Cerbero se mostraba más inquieto y estresado. De pronto salió corriendo hacia la casa e hizo dos círculos alrededor de ella. Finalmente, se tumbó en la zona del patio, parecía muerto, yo no me atrevía a acercarme.

Entre tanto, el ave se acercaba cada vez más, lo que me permitió descubrir que era un halcón. Se lanzó dos veces en picada hacia donde estaba Cerbero, sin llegar a tocarlo, y nuevamente salía hacia el cielo. Cerbero permanecía inmóvil, lo que me hizo suponer que efectivamente estaba muerto.

De pronto, reapareció el halcón y, como cualquier ave de rapiña, empezó a volar en círculos sobre Cerbero; un círculo, dos círculos, tres círculos hasta que perdí la cuenta, y el halcón se lanzó en picada sobre Cerbero, mi reciente amigo ya fallecido. Llegó a él y empezó a picotearlo por el lomo, ahí entendí el porqué de tan extraña herida.

El festín se fue dando desde la cabeza hacia las ancas del perro, poco a poco, parecía que lo degustaba con mucho placer. Cuando ya estaba llegando a la cola y parecía ya el fin, de pronto Cerbero se retorció y con sus grandes fauces agarró al halcón por el cuello, los graznidos disminuyeron y los gruñidos aumentaron. El halcón con sus garras trató de defenderse, pero la falta de aire no le permitió una movilidad adecuada. Llegó un momento en que el halcón y el perro estaban completamente inmóviles, el halcón completamente desgonzado y el perro completamente rígido sin soltar el cuello del halcón.

Repentinamente, Cerbero se levantó y se dirigió hacia mí con su trofeo entre su boca. Sus ojos estaban llenos de ternura y de tristeza, y me permitió acercarme hasta tocarlo. Eso sí, cuando intenté ver la magnitud de sus heridas me mostró sus afilados colmillos, por lo que desistí de mi propósito.

En mi bolsa traía un pan, lo partí y compartí con Cerbero. Me recosté sobre un árbol y él se echó junto a mí.

Dormitamos unos pocos momentos, habrían transcurrido entre diez y quince minutos, cuando Cerbero me tomó la mano con su boca y me condujo hasta la casa. Era muy austera, pero muy acogedora, parecía abandonada.

Una vez más me tomó de la mano y me llevó a una de las habitaciones. En ella había una cama matrimonial con los cadáveres de un par de ancianos, Cerbero se tumbó junto a sus pies y murió.

Las cuevas de San José, por Armando Gallardo (México)

Cuando llegó, pensé que ese hombre olía a muerto. Desencajado y largo, con un morral en la espalda. Como lo vimos muy pálido y preguntó por Sonia, además de que era la hora en que acostumbrábamos a comer, mi esposo y yo lo invitamos a la mesa.

—Busco a Sonia Treviño —repitió al tiempo que entraba.

—Aquí vive, al lado, pero ahora no está. Anda fuera del pueblo. ¿Se le ofrece algo? —preguntó mi esposo, más por curiosidad que por acatar los mandamientos.

—Vengo a verla. Necesito verla, soy su padre —decía, temblándole la voz.

De treinta a treinta y cinco años, no más edad debía tener aquel hombre, pero la gravedad y la mesura con que arrastraba las palabras no permitían la burla. Sonia acababa de cumplir los treinta y dos (yo le había regalado un pastel), era imposible que fuera su padre. "Está loco", fue lo que atiné a pensar.

Volteé a ver a mi esposo y le seguimos el juego. Podría resultar peligroso un demente contrariado. "Sólo a nosotros se nos ocurre meter a desconocidos en la casa", me dijo mi esposo con la mirada.

—Es mi hija, aunque resulte increíble y ustedes piensen que estoy loco —dijo, como si supiera lo que estábamos pensando—. Ya sé que no encaja lo que les digo, pero por favor escúchenme.

Se notaba inquieto. Después se tranquilizó y empezó a contarnos. Se advertía que tenía ganas de descargar un gran peso.

—Voy a contarles un misterio que envuelve mi vida, que me sofoca y abochorna hasta el delirio. No sé lo que pase conmigo, pero ya nunca volveré a ser una persona normal. No quiero que mi hija haga nada. No quiero que se preocupe con lo que va a saber. Quiero que cuide a su madre que está enferma y vieja, que no la mortifique, pero mi hija tiene que saberlo, por Dios que tiene que saberlo. Tiene que escucharme.

Su rostro se iba poniendo negro al tiempo que las palabras salían de su boca.

—Yo era una persona normal que vivía en un pequeño pueblo con mi esposa y con mi hija. Iba a trabajar y planeaba junto con ella el futuro de nuestra hija: ella llegaría a ser una mujer grandiosa. Vivíamos en Coscomate, un pueblo que está allá por los Llanos. Ahí nació Sonia, en la casa de mis padres. A los dos años, compramos una casa cerca del río, porque a Tina le había gustado.

»Nosotros conocíamos bien a doña Tina, la mamá de Sonia. Venía de vez en cuando a visitarla y se quedaba algunos días con ella. No sabíamos de dónde era originaria, pero estaba muy acabada y debería tener ya casi los sesenta años.

Remojó sus labios secos en el vaso de agua que yo le había alcanzado, procurando verme servicial.

—Todo marchaba bien hasta ese domingo, hace poco más de un mes, el 9 de noviembre, nunca lo voy a olvidar. Yo trabajaba con otros tres maestros en una escuela cerca de Coscomate. Éramos muy amigos y ese día vinieron a buscarme para ir a las Cuevas de San José. Ya hacía algunos días que habíamos acordado recorrer todas esas cuevas (que son como unas veinte) en un solo día. Se entusiasmaron con la idea cuando les platiqué la existencia de dichas cuevas. Yo había trabajado en San José de las Causas, cerca de ahí y había escuchado hablar de ese lugar, pero nunca me di tiempo para ir a visitarlo hasta que mis amigos se interesaron y planeamos la excursión. Estábamos entusiasmados, lo recuerdo muy bien. Tina se había levantado temprano a preparar el lonche mientras que yo esperaba a mis amigos que llegaron muy puntuales y contagiándonos aún más con su ánimo.

»La Ruta salió a las seis de la mañana. Llegamos a San José, donde conseguimos unos caballos para llegar a las Cuevas. Don Gonzalo accedió gustoso. Me sentía bien que mis amigos comprobaran que había dejado muchas amistades por estos lugares. Salimos como a las doce del día de la casa de don Gonzalo. Al llegar, empezamos el recorrido y en una de las cuevas me adelanté del grupo unos quince metros, y entré por un corredor que me llevó a un tipo de centro de donde partían otros corredores más estrechos. Seguí por uno de ellos, en sus paredes se veían manchas rojizas que parecían pinturas rupestres. Me detuve y empecé a acariciar con la yema de los dedos las distintas figuras sintiendo su textura. Fue entonces cuando me invadió una extraña sensación de desamparo y me regresé por donde había venido.

»Fui a llevarles la noticia de mi descubrimiento a los demás. Nunca los pude encontrar. Salí de la cueva y ya se habían ido, llevándose mi caballo. Me enfureció que me hubieran dejado a pie. Tuve que caminar y buscar el camino de regreso. Sólo tenía que preocuparme por llegar a San José, ahí me estarían esperando mis amigos —habíamos acordado dormir esa noche en el pueblo y partir otro día muy temprano— o en caso contrario, ahí conseguiría quien me llevara hasta Coscomate. Era buena hora aún, mi reloj había dejado de funcionar, aunque yo estaba seguro de haberle dado cuerda. El sol estaba muy amarillo, pensé que venía encandilado por haber entrado a las cuevas. Fue todo lo que encontré de extraño al salir. Al ir caminando pensaba la razón por la cual mis amigos se habían marchado dejándome. Ya tendría tiempo para desahogar mi coraje.

»Caminé como una hora. Al entrar al pueblo me topé con un mundo completamente nuevo. Lo primero que llamó mi atención fueron la cantidad de vehículos y las calles principales encementadas. Primero pensé que estaba dormido y soñaba. Después que me había equivocado de lugar. En San José, solamente Nati tenía camioneta y no era como ninguna de las que estaba viendo. Parecía como si cada bestia de carga hubiera sido cambiada por un vehículo. La gente que iba encontrando resultaba desconocida para mí y vestía con otra moda. Las casas habían cambiado y había grandes tiendas de donde salía mucha gente, pero el pueblo era el mismo, no tenía duda. Busqué la casa de don Gonzalo, ahí podría preguntar por mis amigos.

»No encontré, por supuesto, ni a mis amigos ni a don Gonzalo, pero me dieron razón de él: hacía años que había muerto. Un joven salió a ver quién preguntaba por su padre. No le supe explicar quién era yo y decidí irme de aquel lugar, irme para mi casa.

»Me empezó a doler la cabeza y busqué la forma de irme para mi pueblo. Resultó realmente fácil. La Ruta ya no existía. Pasaban, en cambio, cada hora los camiones modernos que ustedes conocen. El chofer me miró extrañado cuando le di un billete que traía. Algo dijo de la campana de mi pantalón y de mi pelo largo, luego sonrió y me dejó subir.

»Una ansiedad se iba apoderando de mí al acercarme a mi pueblo y ver por la ventanilla que la pesadilla seguía. No alcanzaba a tragarme todos los cambios que habían sufrido los lugares que tantas veces recorrí. Si hubiera sido mujer, habría pegado un grito de terror cuando vi la fecha en un periódico que estaba abandonado en el asiento de enfrente: domingo 9 de noviembre de 2006. Exactamente treinta años más tarde desde que entré a las cuevas. Tomé el periódico en mis manos y leí con avidez algunas notas. Estaba el gobernador inaugurando unas obras en la página principal. No lo reconocí. Algo maligno me estaba sucediendo, y todavía no sabía qué era.

»El camión llegó pronto a Coscomate. Me bajé, y sin perder mucho tiempo viendo los cambios que había sufrido el pueblo de mi infancia, corrí como un loco hasta mi casa en el río. Había cambiado mucho, pero aún estaba el nogal enfrente. Adentro sólo encontré a una mujer vieja y enferma que decía llamarse Ernestina Campa. Se inquietó con mi presencia, pero no me reconoció ni me dejó hablar, y una criada me pidió que por favor saliera de la casa.

»Salí arrastrando los pies y fui a casa de mis padres, la casa abandonada. Un vecino que tampoco conocí me dijo que los señores de esa casa habían muerto, que desde la desaparición de su hijo la señora se había enfermado y al morir se llevó a su esposo, dos años más tarde. No podía creerlo, me había perdido en las cuevas y regresado después de algunas horas habían pasado tantas cosas. Estaba al borde de la locura. Fui al panteón y ahí estaban sus tumbas con sus nombres. Lloré como nunca.

»¡Mi hija! ¿Dónde había quedado mi hija Sonia? Hasta entonces caí en la cuenta que tenía una hija. Empecé a indagar hasta que me dieron este norte y así fue como vine a buscarla. Ella tiene que escucharme.

Un estremecimiento me corrió por el filo de la columna, y sin saber por qué miré un calendario que estaba enfrente: 13 de diciembre de 2006.

—Ustedes tienen que ayudarme a buscar a mi hija. Ella tiene que escucharme —decía el hombre casi gritando.

Unos ruidos afuera hicieron que mi esposo se levantara y saliera a ver. Volvió a entrar, pero venía acompañado y hablaba con alguien: era Sonia que había regresado y ahora entraba con mi esposo...

El curioso libro de la biblioteca Bünher, por Bellany Lopez (Colombia)

Capítulo 1: el curioso libro en la biblioteca Bünher

En aquella tarde, Loui Kelmes se sentía algo aburrido en su habitación, pensando en cuántos misterios había en el mundo y en la vida de las personas. Él era un joven apasionado por la lectura, sabía que los libros eran mágicos de cierta manera para las personas soñadoras e imaginativas que anhelan que en sus vidas sucediera algo similar. Casi todos los días entraba a la biblioteca a observar libros de todo tipo del género dramático, pero ese día habría algo que jamás imaginó que pudiera ser posible en el 2023.

—¡Buenos días, Laura!

—¡Buenos días, Loui! ¿Cómo va la universidad?

—Va bien. Pues te comento que hoy nos sugirieron leer libros relacionados con historias de la humanidad. ¿Podrías recomendarme alguno?

—Umm… Déjame ver un momento en la computadora. En el bloque C, parte superior, hay varios libros relacionados con historias de la humanidad. Ya te acompaño.

—Ok, Laura.

Pasaron por varios bloques cuando de pronto un libro cayó de la parte superior de los estantes.

—¿Qué fue ese ruido? —dijo Laura.

—No lo sé. Vamos a buscar dónde fue.

Mientras Laura miraba por todas partes, Loui fue hacia el bloque G.

—¡Laura! ¡Laura! Es aquí, por el bloque G. ¡Ven rápido!

Laura se apresuró hacia donde estaba Loui.

—Este libro se cayó de la parte superior de ese estante —señaló Loui.

—Permíteme ver, por favor.

Laura observaba el libro minuciosa y rápidamente fue hacia donde estaba su computadora. Comenzó a buscar el nombre del libro, se titulaba "¿Quieres vivir las experiencias de años pasados en tu época actual?".

—Oye, Laura, ¿y ese libro no es de esta biblioteca?

—No lo es. De hecho, desde que lo vi estuve segura de que no estaba registrado, pero aun así he chequeado los registros. No está.

—¿Cómo es que ese libro ingresó a la biblioteca?

—Podría ser de dos maneras: la primera es que alguien compró este libro en alguna librería y se le olvidó guardarlo en su portafolios.

—¿Y la otra manera?

—La otra manera puede haber sido que algún estudiante roba libros y lo dejó aquí.

—¿Lo podría llevar a casa para leerlo?

—No, no podría dártelo hasta que busque de dónde proviene este libro.

—Laura, pero si no está registrado no hay problema, no alteraría tu inventario, ¿no crees?

—Dame dos días, y si no logro saber de dónde es, te lo prestaré.

—Trato hecho.

Durante dos días, Laura buscaba en cada biblioteca y ninguna daba alguna afirmación de que perteneciera allá. Ella decidió ir a las librerías de todo el país. Alguien dijo: "ve a la ciudad de Likal, allá está posiblemente la librería más antigua y olvidada de este país". Laura no lo pensó dos veces y se fue para Likal, una ciudad peligrosa, con sus

18

paredes llenas de grafitis llenos de odio contra el gobierno, donde la delincuencia era evidente.

Laura salió de la estación del metro y tenía que cruzar el callejón tribal de la Makorra, donde estaba ubicada la librería. Esta librería estaba abandonada, desvalijada, con los vidrios rotos, su interior lleno de telarañas y mucha mugre.

—¡Buenos días, dama!

—¿Buenos días? ¿Quién habló?

—Soy yo, el dueño de esta librería.

Mientras él decía esto, fue saliendo; este lugar era oscuro porque carecía de electricidad. El hombre quien habló era súper pequeño y muy anciano, de ojos verdes como un gato pardo.

—Cuéntame, ¿qué te trae por aquí?

—Pues, alguien me dijo que aquí me pueden dar respuesta acerca de este libro.

Laura sacó el libro de su bolso. El hombre lo tomó en sus manos, sus ojos se estremecieron.

—Sabes algo, deshazte de este libro.

—¿Por qué? —preguntó Laura.

—¡No preguntes! Deshazte de él y listo.

—¿Cuál es la razón, señor?

—Si llegas a leer este libro y tu imaginación comienza a funcionarse con lo que estás leyendo, causarías una catástrofe en la línea de tiempo de la humanidad.

—Pero ¿usted de qué está hablando? No entiendo.

—Es mejor que no entiendas. Como bibliotecóloga debe saber que hay libros que se han hecho con ciertos fines, así como existe el vudú, la ouija y cosas así. Hay libros que no son aptos para quienes no sabrían cómo usarlos.

—No tiene sentido lo que dice, señor.

"Jamás pensé que este libro existiera aún, lo mandé a incinerar en 1960", pensaba el hombre. "Este libro es mágico porque las llamas no lo consumieron, está como nuevo".

—Sabe, señor, usted es un grosero. He venido desde lejos y usted lo que hace es darme una orden y ni siquiera me explica el porqué.

—Es mejor que obedezca, dama. Es por su bien y el de todos.

—Ok, hasta luego. Por cierto, su librería es una vergüenza para la sociedad internacional de libros de este país.

Laura salió muy disgustada con la forma en que el hombre la trató, además no dio ninguna razón que la convenciera.

***

Capítulo 2: Laura y Loui leen el libro

—¡Hola, Laura! Ya pasaron dos días... Y pues hicimos un trato, ¿te acuerdas?

—¡Hola, Loui! Sí, es cierto.

—¿Encontraste información del libro?

—No, la verdad no. Fui hasta Likal.

—¿Quéeee? ¿Fuiste hasta allá tú sola?

—Así es. Soy una mujer valiente, ¿verdad?

—Pues sí, ese lugar es una ratonera. ¿Qué te dijeron?

—Nada que valga la pena contar.

—Entonces, ¿me prestarás el libro?

—Pues... Hagamos algo, leámoslo juntos aquí en la biblioteca el sábado en la tarde.

—¿A qué horas?

—A las 6:00 PM, ¿puedes?

—Sí, tendría que decirle a mis amigos que tengo otros planes.

—Ok, entonces nos vemos el sábado.

Sábado, 12 de julio de 2023, 6:00 PM. Todo cambiará en la línea del tiempo, esto empezará en la biblioteca Bünher. El libro fechó este acontecimiento en el interior de sus páginas.

Estaba Laura arreglando la mesa para hacer la lectura, cuando Loui tocó la puerta.

—Pasa, está abierto.

—¡Qué bonito, Laura!

—Me gusta que las secciones de lectura sean ese banquete especial para mis invitados en la biblioteca.

—¡Excelente!

—Yo soy la anfitriona, por lo cual yo leeré primero.

—De acuerdo.

Laura comenzó a leer el primer capítulo, pero no se veía interesante; hablaba acerca de los acontecimientos de la humanidad como guerras, descubrimientos, etc.

—Laura, este libro es normal —dijo Loui.

—¿Por qué dices que es normal?

—Por nada. Sabes, te toca leer a ti.

—Ok, dámelo.

Cuando Loui tomó el libro, empezaría con el capítulo de la línea del tiempo. A partir de ahí, el espacio y el tiempo empezarían a enloquecer, y las manillas del reloj no se detendrían porque el pasado tomaría el presente tal cual como aconteció en cada fecha.

***

Capítulo 3: Los relojes de pasado y futuro caminan hacia el presente

Loui empezó a leer en voz alta:

"La llegada del científico astronauta Jon Mezkel al planeta Urano en 1911 fue notable. Su viaje duró cuatro años en regresar a la Tierra, lo cual le dio la satisfacción de hablar con seres ucranianos y tomar fotografías a la superficie de ese planeta. Aprendió el idioma estoitiqui que hablaban los uranianos, y también a adiestrar animales de Urano, quienes sabían hablar el idioma de los uranianos y protegían a sus amos de los invasores de otras galaxias. Estos animales tenían poderes extraordinarios y batallaban fuertemente contra ellos. Sus mayores enemigos eran los geminianos, quienes eran seres chacales con dos rostros: el sincero y el hipócrita. En total, Mezkel permaneció fuera de la Tierra por doce años y, al regresar, falleció a los cinco días. Las causas fueron que contrajo un extraño insecto que lo aguijoneó mientras viajaba en la nave. Cuando Mezkel fue ingresado a urgencias, estaba completamente inundado de agua porque su cuerpo se había inundado, y en la cama que estaba se derramó y quedó sin rastro. Esto causó revuelo en la ciencia. Solo se pudieron publicar las anécdotas que escribió en su diario".

Mientras Laura tomaba apuntes acerca de esta curiosa fecha, por si alguien le llegase a consultar, ella tendría la respuesta como buena bibliotecóloga.

Loui empezó a imaginar el planeta Urano, a los seres de allá, al científico, el idioma y demás. Loui y su mente se transportaron a 1911 que data aquí en la Tierra, pero en el planeta Urano era el año 7445 años luz de la Tierra. Mientras Loui entraba en éxtasis en su mente viviendo estos dos momentos en 1911 y en 7445, su cuerpo luchaba en el 2023.

La Tierra empezó a temblar y el reloj se detuvo a las 8:10 PM del 12 de julio.

—¿Qué está pasando? —decía Laura, viendo cómo el reloj se detuvo y el calendario daba vueltas pasando por todos los años y queriendo pasar más allá del 2023.

Loui seguía atrapado en su mente con éxtasis, maravillándose de llegar hasta esa época y poder hablar con Mezkel.

En 1911 comenzó a temblar y los ciudadanos jamás habían sentido este fenómeno. Las personas corrían y se envolvió una nube mágica que aceleró el reloj a las 8:10 PM hacia el año 2023, mientras Mezkel viajaba de regreso a la Tierra. Su nave fue envuelta y giraba a 180 grados dentro de la nube; había perdido el control de ella porque todo se había nublado.

Mientras tanto, en el año 7445, su reloj lunar se invirtió en un minuto, y apareció el quinto sol que había aparecido por última vez en el año 2023.

Ellos empezaron a hacer que sus almas viajaran hacia la gravedad de la atmósfera y entraron al portal que se abrió directo hacia la Tierra.

***

Capítulo 4: Las tres épocas se enfrentan

Después del gran temblor, se propinó un gran estallido en el presente, 2023, y aparecieron personas caminando de la época de 1911. Ellos no entendían absolutamente dónde se encontraban, buscaban sus caballos y carrozas para transportarse. Miraban porque las personas hablaban desde unas parlantes miniaturas puestos en los oídos, y porque las mujeres tenían sus cabellos de diferentes colores y no usaban faldas largas, sino pantalones súper cortos y blusas cortas. Las personas del 2023 decían entre ellos:

—¿De dónde salieron estos pueblerinos?

—¡Mira sus ropas! Jajajaja, se burlaban de ellos.

—Parecen los esclavos de la época antigua.

—¡Vamos a golpearlos!

Pero los hombres de 1911 sacaron sus pistolas y apuntaron hacia los hombres del 2023.

—No se acerquen, podemos hacerles daño con nuestras armas.

—Si ustedes llegan a dispararnos, la policía les pondrá cadena perpetua por uso ilegal de armas en este lugar.

—¿Qué es cadena perpetua?

—Se nota que son unos montañeros. ¡Atáquenlos!

Las personas de 1911 empezaron a correr para salvar sus vidas. Mientras unos huían, los otros les perseguían. Cuando los hombres del 2023 estaban a punto de alcanzarlos, aparecieron unos hombres en forma de espíritus flotantes, de casi tres metros, con facultades extrasensoriales, que los detuvieron con un soplido.

Los hombres del 1911 se arrodillaron ante los hombres del 7445.

—Mil gracias por salvarnos, a nosotros y nuestras familias, de esos hombres salvajes. No sabemos en qué época estamos ni por qué estamos aquí.

—Nosotros tampoco sabemos qué época es esta ni cómo llegamos aquí, solo recordamos que apareció el sol del año 2023 y nuestro reloj lunar se invirtió. Creemos que este es el año 2023, es época muy antigua para nosotros. Están muy atrasados en tecnología y progreso espiritual, aún matan a los de su misma especie.

—¡Qué están hablando ustedes! —dijo un hombre del 2023—. ¿Cómo se atreven a decir que somos anticuados, si tenemos la mejor tecnología del mundo? Anticuados aquellos que visten con esas ropas largas y feas.

—Hey, no te atrevas a decir eso, somos educados y recatados, respetamos a los demás.

Mientras discutían las épocas 1911 y 2023, los de 7445 empezaron a flotar y no caminaban, y uno de ellos empezó a hacer telequinesis con los objetos que estaban derrumbados a causa de la explosión de la línea del tiempo. Todo lo empezaron a construir solo moviendo sus manos y con la mente mientras miraban dónde ubicarlos.

—Ellos son fenómenos. Vámonos de aquí, antes de que nos pongan donde ellos quieren.

Todos los del 2023 huyeron del lugar. Los de 1911 miraban con asombro todo lo que habían visto hasta ahora y no comprendían qué era tecnología ni ningún tema de avance.

La nación estaba hecha un caos. Los organismos de emergencias no entendían por qué había objetos de la época de 1911, al igual que personas, pero lo que causaba mayor sorpresa fueron los hombres de 7445 que no necesitaban ser atendidos porque ellos sanaban sus heridos instantáneamente, y ayudaban al ejército a remover escombros y rescatar vidas con solo usar sus mentes.

En la biblioteca estaban Loui y Laura, todo se había caído y los estantes bloqueaban la puerta principal.

—Laura, ¿estás bien?

—Sí, ¿y tú?

—También. ¿Pero qué fue lo que sucedió?

—Fue el libro.

—¿El libro?

—Sí, aquel hombre me dijo que no lo leyera.

—¿Por qué no me contaste esto?

—Pensé que ese hombre estaba loco, pero ahora veo que tenía razón.

—¿Qué te dijo, Laura?

—Me dijo que no debía leer ese libro y debía incinerarlo, porque ese libro podía cambiar la línea de tiempo de la humanidad. Es un libro mágico que te hace vivir las épocas si la imaginación se cruza con mucho deseo de vivirlas. Eso te aconteció a ti.

—Sí, es cierto, así pasó. —Comencé a sentir una alegría de conocer a Mezkel y preguntarle acerca de su viaje hacia Urano. Quise en ese momento estar en 1911 y saber qué año era en Urano en esa época.

***

Capítulo 5: Mezkel y el hombre de la biblioteca Likal

Mientras Laura y Loui discutían cómo arreglar el caos, en la parte izquierda aterrizó una nave avanzada de la época de 1911, pero no tanto como las de 2023. Del interior salió un hombre con un traje espacial semejante a una armadura plateada, y su nave empezó a emitir luces mientras giraba el reloj en el interior, marcando las 8:10 del 12 de julio de 2023.

—He aterrizado en la época equivocada. Yo debía llegar al año 1911 para mostrarles a los ciudadanos qué vida extraterrestre hay en Urano.

Mientras hablaba consigo mismo, Loui estaba emocionado de ver a Mezkel en persona, vivo con su nave y traje espacial. Por otro lado, Laura meditaba en las palabras de aquel hombre de la librería.

—Señor Mezkel, ¡qué felicidad es tenerlo en esta época! He escuchado de su gran hazaña de ir a Urano y estoy frente a usted en mi época.

—Oye, jovencito, ¿sabrías explicarme qué fue esa nube que envolvió mi nave y me hizo aterrizar en esta época avanzada para 1911, pero atrasada para el año 5534? Es la época que había en Urano cuando empecé mi viaje a la Tierra hace cuatro años. Esta época no existía porque la era actual era 1911.

—Pues… para ser sincero, fue por este libro.

—¿Qué libro es ese? —preguntó Mezkel, asustado.

—Se llama "¿Quieres vivir las experiencias de años pasados en tu época actual?" —dijo Laura precipitadamente.

—¡No puede ser! He encontrado la fórmula para no morir a los cinco días como está registrado en la historia. Con esto puedo cambiar las leyes del tiempo y el espacio. Ahora este libro registrará mi aterrizaje a una época más moderna, 2023, y que jamás llegué al 1911 porque allá no había cómo tratar mi extraña enfermedad, pero aquí sí.

—¡Qué bueno por usted, Señor Mezkel!

—¡Eso no es bueno! Nadie puede cambiar el pasado, ni tampoco viajar al futuro de otros planetas para robarles información.

—Hey, dama, cálmate, porque este libro lo he buscado por siglos y no lo logré en 1911. Ahora es un hecho y no permitiré que una niña como tú me quite la oportunidad de ser el único en manejar las leyes del tiempo y el espacio, ya que todo lo aprendí con los uranianos. Tengo veinticinco años en este momento y estoy vivo, no traigo ninguna enfermedad. La vida me ha dado una segunda oportunidad.

—Pues yo sé quién sí sabe cómo batallarte, Mezkel. Eres un científico despiadado, por eso el destino te quitó la vida cuando regresabas a 1911: ibas a alterar las épocas y quedar como el hombre más brillante de la época.

—¡Eso lo veremos!

Mezkel arrebató el libro de las manos de Loui. Loui se decía a sí mismo que todo era su culpa por querer vivir experiencias del pasado que jamás había podido vivir, porque ni siquiera estaba programado para nacer. En ese momento entendió que no se debía vivir pensando en experimentar el pasado, sino en la época actual y que el futuro era mejor no saberlo.

—¡Loui, no te quedes ahí parado, ve y persíguelo!

—Sí, ¡eso haré!

En la ciudad de Likal, el hombre de la librería se lamentaba de que ese libro no hubiera sido incinerado, porque él mismo había sido el creador de él, ya que no era terrícola, sino del planeta Saturno donde los seres eran pequeños, vivían más de quinientos años y eran ancianos en sabiduría que conocían las leyes físicas, pero jamás las usaron para cambiar el rumbo de la humanidad. Tir era su nombre. Decidió salir a enfrentar a Mezkel. Mezkel siempre fue rebelde y vanidoso, a pesar de ser terrícola. Se podía decir que tenía una mente brillante y su inteligencia alcanzaba un IQ desbordante en 1911. Fue tan grande su inteligencia que él mismo creó su nave espacial y su traje para resistir un viaje de cuatro años de ida y vuelta, además que supo administrar sus raciones de comida. Lo que no logró fue contrarrestar aquel aguijón que sufrió dentro de la nave de ese insecto espacial. El destino le permitió morir como agua derramada para que no hubiera rastro y que ningún otro loco científico quisiera clonarlo. Pero Tir, con su libro hecho hace millones de años, había traído a Mezkel a esta época actual con sus veinticinco años y lleno de vitalidad.

—¡Alto allí, Mezkel!

—¿Quién se atreve a detenerme? ¡Jajaja!

—Yo, Tir del planeta Saturno, el creador del libro.

—Escuché de ti en los registros como uno de los seres de luz más brillantes, veo que aún vives.

—Sí, yo seré quien te devuelva a la época a la que perteneces para que mueras como el destino y las leyes decidieron por ti.

—¿Cómo lo harás? Ahora tengo el libro.

—Recuerda, Mezkel, eres terrícola. Solo eres poderoso en mente de inteligencia, pero no puedes crear poderes por tu mal corazón.

—Esta página será eliminada, al igual que tu nombre de la faz de la tierra.

A ese poder se unieron los uranianos, quienes se habían entristecido en haberle revelado sus secretos para la vanidad de un hombre como Mezkel.

En nombre de la verdad absoluta, la línea del tiempo siguió su curso tal cual como lo había dispuesto el dueño de todo. En este libro se eliminó la hazaña de Jon Mezkel, y se le es visto como un científico loco que vivió un sueño en su propia mente.

Cuando Tir y los uranianos lanzaron sus poderes de luz, el reloj comenzó a andar, los hombres de 1911 se desvanecieron, y los de 7445 mostraron sus verdaderas formas y abrieron un portal para regresar a su planeta. En cuanto a Tir, fueron aumentados sus años y dejó de ser anciano físicamente, porque quinientos años era ser muy joven para los de Saturno.

Laura y Loui habían sido testigos de todo esto. El libro fue entregado a Tir, quien lo guardó en la biblioteca con los guardianes de la verdad y el amor.

Laura aprendió que no se podía ser rebelde, y que aún necesitaba aprender de qué no se debe leer, porque no todos los libros eran aptos para las personas de bien. Su amigo Loui ganó el primer lugar en historia acerca del loco científico, Jon Mezkel, porque esta historia causó revuelo en el jurado, puesto que no recordaban este hecho de este científico que viajó a través de su propia mente.

Moraleja: el pasado, haya sido bueno o malo, nadie tiene el poder de cambiarlo, pero sí podemos vivir en un presente mejor que da frutos a un futuro lleno de altruismo gracias a las experiencias del pasado.

El regreso de la sombra, por Sandra García (Perú)

Hace muchos años, en un pequeño pueblo de la región andina de Perú, vivía un hombre llamado Mateo. Este misterioso personaje era conocido por su carácter solitario y por su profunda devoción hacia las antiguas tradiciones locales. Mateo era el guardián de un secreto ancestral, una leyenda que había acosado a su familia durante generaciones.

La historia comenzó en una noche oscura y tormentosa. Mateo caminaba sin rumbo fijo cuando una sombra tenebrosa se interpuso en su camino. Aterrorizado, Mateo se veía envuelto en un aura de miedo e intriga. Decidió seguir a aquella figura enigmática hasta llegar a un antiguo cementerio abandonado en las afueras del pueblo.

El viento silbaba entre las lápidas mientras Mateo se adentraba en aquel lugar inquietante. Siguió a la sombra a lo largo de los pasillos de tumbas, pero cada vez que creía estar cerca, esta desaparecía en las sombras de la noche. La atmósfera de misterio y suspenso se intensificaba a medida que Mateo interrogaba a los habitantes del pueblo sobre la leyenda detrás de la sombra. Nadie se atrevía a hablar del asunto, y los pocos que lo hacían murmuraban palabras llenas de temor y advertencias: "Hay cosas que es mejor no conocer", decían. "Aquella sombra... es la manifestación del mal que vuelve para atormentarnos".

Decidido a descubrir la verdad y liberar a su pueblo de esta terrible maldición, Mateo se adentró aún más en el oscuro pasado de su familia. Descubrió que sus antepasados habían sido acusados de crímenes horribles y pactos con entidades sobrenaturales. La sombra que lo perseguía era el espíritu vengativo de aquellos que habían sido injustamente castigados.

En la noche de luna llena, Mateo reunió a los ancianos del pueblo y los convenció de enfrentar juntos la sombra. Armados con el conocimiento ancestral y el valor que solo surge en tiempos oscuros, se dirigieron al cementerio. El aire se llenó de un silencio sepulcral mientras la sombra emergía lentamente de entre las tumbas. Su aura oscura y opresiva envolvía a todos los presentes, pero Mateo y los ancianos no retrocedieron. Con su valentía y el poder de sus palabras, invocaron la fuerza necesaria para combatir al mal.

Una batalla épica se desató en el cementerio. Los relámpagos iluminaban el cielo mientras Mateo y los ancianos luchaban desesperadamente por liberarse de las garras de la oscuridad. Empleando rituales ancestrales y su inquebrantable voluntad, lograron debilitar a la sombra, pero justo cuando pensaban que la victoria estaba cerca, el alboroto alertó a las autoridades del pueblo. La policía llegó al cementerio y se encontró con el caos completo. Los ancianos contaron su historia, pero nadie les creyó. Mateo fue arrestado y acusado de provocar disturbios. El espíritu maligno permaneció atrapado en el cementerio, susurros aterradores prometiendo venganza antes de desaparecer entre las sombras.

A pesar de su encarcelamiento, Mateo no perdió la esperanza. Pasaron los años y, finalmente, fue liberado. Decidido a acabar con la maldición de una vez por todas, reunió a un grupo de jóvenes audaces y valientes que estaban dispuestos a ayudar. Juntos llevaron a cabo una investigación exhaustiva, recolectando pruebas y testimonios de aquellos que habían presenciado la sombra. Finalmente, lograron convencer a las autoridades de la existencia de algo siniestro en aquel cementerio.

En una noche oscurecida por la luna, Mateo y su equipo regresaron al lugar. Armados con herramientas sagradas y saberes milenarios, enfrentaron nuevamente a la sombra. Utilizaron la energía ancestral del pueblo y desencadenaron un poderoso ritual capaz de deshacer el mal que había acechado al pueblo durante tanto tiempo.

La sombra fue derrotada, liberando al pueblo de su maldición. Después de aquel día, el antiguo cementerio fue reconstruido, pero nadie olvidaba las terribles experiencias que habían vivido.

El cuento del Regreso de la Sombra se convirtió en una leyenda popular en la región andina de Perú, transmitida de generación en generación. Cada vez que alguien contaba la historia, los oyentes sentían un escalofrío recorrer su espalda, recordándoles que incluso en el lugar más idílico, el mal podía acechar en las sombras.

Sangre, por Axel Solache (México)

Tibia y tan deliciosa, con cada vida que arrebato se desvanece un fragmento de mi antigua identidad, pero eso fue hace tantas vidas que es difícil recordar la persona que fui. Ha pasado tanto tiempo que esto ya se volvió casi rutina. Observo a las personas y, cuando noto alguna que sea de mi interés, la sigo desde lejos. Observo su rutina algunos días y, en cuanto veo una oportunidad, la uso para alimentarme, para después empezar todo el proceso desde cero con otra persona. Cada vez que lo hago no puedo evitar pensar... ¿Yo era profesor? ¿Tal vez escritor? Eso ya no importa, dejó de importar desde el momento en que renací.

No es fácil olvidar los detalles sobre la noche de mi conversión. Salí a una reunión con unos colegas del trabajo y de pronto todo se oscureció. Desperté en lo que parecía ser un hospital, desnudo y sobre una plancha de metal con una enorme luz blanca apuntando hacia mí. Miré alrededor y vi un par de herramientas que habían sido ocupadas en mí mientras "dormía". Intenté levantarme, pero mi caja torácica abierta de par en par me lo complicó un poco, así que, como pude, la cerré y sentí un ligero ardor mientras mi herida cicatrizaba. Es una de esas cosas que uno no olvida, aunque hayan pasado cientos de años.

Cuando pude quitar los brazos de mi pecho sin que se abriera de nuevo, eché un vistazo rápido a la sala en la que me encontraba: era un poco amplia y había otra plancha metálica a unos cinco metros de donde yo estaba. En una de las paredes había puertas pequeñas de metal desde las cuales alcanzaba a ver un par de cuerpos, y junto a esa pared se encontraba mi salida de aquel espantoso lugar.

Me acerqué a la puerta y, en el piso, encontré una bolsa negra de basura; la revisé y dentro tenía mi ropa con manchas enormes de sangre seca, pero aun así me la puse; prefería estar cubierto de sangre que andar desnudo. Me asomé con cuidado y, al ver que no había nadie cerca, salí corriendo hasta toparme con las escaleras y comencé a subir de tres en tres para no perder tiempo.

Cuando llegué al piso de recepción, intenté camuflarme con las demás personas que estaban en el lugar, pero estar cubierto de sangre no me ayudó en lo absoluto. Todos me miraban horrorizados, intentando descifrar qué era lo que me había pasado. Dos guardias se me acercaron preocupados, mientras una doctora a lo lejos gritaba horrorizada que yo era el cadáver al que le estaba realizando la autopsia antes de subir.

¿Cadáver? ¿Autopsia? Al escuchar esas palabras sentí una comezón incontrolable en el pecho y no pude evitar comenzar a rascarme. Mientras se escuchaban los alaridos de la doctora, los guardias me tomaron por los brazos intentando someterme, pero en mi desesperación por salir de aquel lugar empujé a uno de ellos, y salió despedido hacia las enormes puertas de cristal de la entrada. En cuanto cayó al piso se hizo un enorme charco rojo, uno de los trozos de vidrio le había atravesado la garganta y todos miraban aterrados la escena. Nadie sabía si alejarse de mí o si ayudar al hombre.

Yo no les prestaba atención a las personas, me sentía perdido mirando cómo se ahogaba en su propia sangre, pero en lugar de sentir pena por ese pobre desgraciado, me inundaba por completo un aroma que nunca antes había experimentado. Todavía hoy me es difícil explicar exactamente cómo era ese olor, solo puedo decir que era lo más exquisito que había tenido el placer de oler. Mi cerebro palpitaba de una manera un tanto extraña, mi pulso se aceleró intensamente y cada pensamiento que hubiera en mi mente se volvió rojo.

La gente huyendo despavorida y sus gritos me hicieron entrar en razón. Cuando recuperé la conciencia, me encontraba sobre el cuerpo sin vida del guardia y mi paladar estaba impregnado con el sabor metálico tan característico de la sangre. Era un festín magnífico que debía probar otra vez, pero no en ese momento. Todos creían que era un monstruo, y después de lo que le hice a ese hombre tal vez lo era, pero no importaba en ese instante. Lo importante era salir de ahí lo más pronto posible, antes de que pasara algo aún más grave. Claro, como si algo peor pudiera ocurrir.

Salí corriendo y antes de darme cuenta me encontraba en un callejón con el regusto metálico aún en la boca. Desconcertado y molesto por la situación en la que me encontraba, decidí seguir caminando hasta haber pensado algo, pero por más que intentaba no conseguía sacar de mi mente la imagen del guardia en el piso y yo sobre él, como cualquier animal salvaje devorando a su presa.

Estuve caminando en círculos un par de minutos cuando pude ver a un hombre acercándose a mí. Tenía una mezcla de varios olores: alcohol, cigarrillos y loción barata, pero sobre todos esos, predominaba el mismo olor que estuvo presente mientras hacía pedazos al guardia del hospital, sangre.

Aquel hombre se acercó tambaleándose a mí, pidió mi billetera y, como ni siquiera me moví, sacó un enorme cuchillo de la bolsa de su chamarra. Estaba tan ebrio que se hizo un feo corte en la mano mientras realizaba el movimiento. Pronunció una maldición, apretó su mano y yo me perdí de nuevo en el líquido rojizo que brotaba de su herida.

Después de poco tiempo perdido en su dolor, pareció recordar que yo estaba ahí, me miró desesperado y me pidió que lo llevara a un hospital. Yo me limité a seguir mirando la sangre que escurría de su herida. Extendió su brazo hacia mí en un desesperado intento de hacerme reaccionar y fue justamente lo que consiguió. Jalé su brazo hacia mí y, en un mal cálculo, incrusté mis dientes en su cara. Apreté la mandíbula con toda mi fuerza y pude sentir cómo su pómulo rechinaba y crujía al entrar en contacto con mis colmillos, todo esto mientras el hombre gritaba como nunca había escuchado gritar a nadie.

Arranqué el trozo y noté que donde debía estar su ojo se encontraba un horrible agujero teñido de rojo. Escupí lo que tenía en la boca y solté otro mordisco más certero que el anterior. Mis incisivos encontraron la tráquea, y ahogaron rápidamente los alaridos del hombre mientras desgarraban piel y músculo como si se tratase de un simple trozo de carne cruda.

Todavía soltaba manotazos al aire intentando soltarse de mí cuando cayó al suelo, arrastrándome con él aún con la cara hundida en su cuello. Estaba saboreando el líquido que brotaba a chorros de su garganta, pero la sangre de este hombre tenía un sabor diferente, supongo que era por el exceso de alcohol que había ingerido antes de encontrarse conmigo. Cuando ya no salía tanta sangre de su garganta, hundí mis dedos en su pecho como si de garras se trataran y tiré hacia fuera para romper el tejido y las costillas, dejando expuestos los órganos de esa zona. No fue tan difícil como pensé, solo fue necesario un pequeño tirón para que las costillas crujieran y se desprendieran del cuerpo, y de pronto absolutamente todo lo que se encontraba dentro de mi rango de visión se volvió rojo.

Cuando volví a tener control sobre mí mismo, saqué la cabeza de dentro de su pecho, tragué lo que tenía en la boca y miré lo que quedaba dentro de él. No era mucho, y lo poco que quedaba estaba masticado completamente o le faltaban trozos. Me levanté y busqué algo con lo que limpiarme la sangre de la cara y las manos, pero no había ni un solo pedazo de tela sin sangre. Miré un poco alrededor, pero solo había basura y, la verdad, no tenía muchas ganas de limpiarme la cara con algo que se encontrara en un basurero, haber metido la cabeza en el pecho de un hombre había sido demasiado para una noche.

Me acerqué a la pared más cercana, recargué la espalda y me deslicé hasta quedar sentado, mirando a aquel pobre borracho que se había encontrado en el lugar equivocado en el momento equivocado. Cerré los ojos un momento y, al abrirlos, estaba de vuelta en mi realidad, aquel hombre se desvaneció y en su lugar se encontraban los restos de una bella pelirroja a la que había conocido unos días atrás, y el callejón se transformó en la parte baja de un viejo puente al que había llevado a esa mujer. He de admitir que no me controlé al alimentarme de ella, pero supongo que era de esperarse después de seguirla más de una semana sin comer.

Es una pena, se trataba de una mujer demasiado bella, y el interés que había mostrado hacia mi persona, aun estando casada, probablemente fue lo que consiguió que la matara, pero, en fin, nada se consigue al hablar de un muerto. Limpié mi rostro con un pequeño pañuelo que suelo cargar conmigo, me volví a poner la camisa y me apresuré a salir de debajo del puente, no es prudente quedarse mucho tiempo en el lugar en el que te acabas de alimentar.

Mientras me acercaba a mi auto, pude sentir una mirada posada sobre mí que hizo que se me erizara la piel, lo cual no era tan frecuente desde hace bastantes años. Miré a mi alrededor y no vi nada excepto el puente que estaba dejando atrás y los cientos de automóviles que pasaban mientras yo avanzaba. La sensación desapareció rápidamente y pude seguir caminando.

Visualicé mi auto estacionado a un costado de la avenida y apresuré un poco el paso, necesitaba ir a casa a tomar una ducha y a dormir un poco. Abrí la puerta, me senté, coloqué mi cinturón de seguridad y mientras acomodaba el espejo retrovisor, la sensación volvió. Quise voltear, pero el cinturón me lo impidió, y antes de poder reaccionar recibí un fuerte golpe en la nuca que me dejó inconsciente.

Cuando desperté, me encontraba acostado en la cajuela de un automóvil, lo cual no fue muy difícil de descifrar por la cantidad de ruido y movimiento que se sentía. Al intentar moverme descubrí que también había sido amarrado con cuerda. A pesar de estar inmovilizado y en un espacio pequeño y oscuro, aún podía olerlos; cada uno tenía un olor diferente y característico que me permitió identificar a unos cuatro individuos. Tenía curiosidad de a dónde me llevaban, así que por un rato dejé que creyeran que seguían teniendo el control de la situación.

Poco rato después el movimiento se detuvo y escuché varios portazos; habíamos llegado. Abrieron la cajuela y me colocaron un saco en la cabeza, me subieron a una especie de camilla y me llevaron al lugar. Los cuatro iban extrañamente callados, podía oler el miedo emanando de su ser. En cuanto descubriera lo que estaba sucediendo, me iba a dar un festín con esos pobres idiotas.

Cuando llegamos al lugar, me cargaron de nuevo, me acomodaron en una silla y sin quitarme las ataduras iniciales me amarraron a la misma. Mientras todo eso ocurría, noté un fuerte olor a cera quemada, incienso y otras cosas que no había olido antes. Uno de ellos me quitó el saco de la cabeza y retrocedió tan rápido que tropezó con uno de sus compañeros, cayó al piso y se siguió arrastrando con tal de alejarse de mí. Sus compañeros lo ayudaron a levantarse y salieron de la habitación, y fue hasta ese momento que me percaté de lo grande que era. Me dio la impresión de ser algún tipo de almacén. Había varios contenedores y las pocas ventanas que había estaban tapiadas con madera, de modo que entraba muy poca luz al lugar. Seguía explorando el lugar con la mirada cuando escuché pasos y un par de voces que eran apenas audibles, así que fingí estar inconsciente. Cuando estuvieron lo suficientemente cerca como para poder entender lo que decían, recibí otro fuerte golpe en la nuca que de verdad me dejó inconsciente, de nuevo.

Me despertó un olor muy penetrante, abrí los ojos y alrededor de mí había un círculo de incienso prendido. Levanté la vista y pude contar alrededor de ocho personas, mirándome con una mezcla de odio y miedo. Uno de los hombres que se encontraba en la habitación dio un par de pasos hacia mí y antes de poder reaccionar me soltó un fuerte golpe en la cara que me tiró al piso. Alcé la vista para burlarme de él y lo único que vi fueron varias piernas dirigiéndose hacia mí con demasiada rapidez. Algunas aterrizaron en el pecho, otras en la cara, en la espalda... Podía sentir mis órganos reventarse por la fuerza de las patadas y de inmediato volver a regenerarse. Pasaba lo mismo con mis huesos, sentí cómo cada hueso de mi cuerpo explotaba en pedazos a cada golpe que recibía para comenzar a soldarse de nuevo casi instantáneamente.

Cuando se dieron cuenta de que no podrían matarme a golpes por mucho que lo intentaran, volvieron a levantarme y a colocarme en mi silla, y mirando detenidamente fue cuando reconocí al hombre que me golpeó primero. Se trataba del esposo de mi última comida... No, perdón, de la pelirroja de la que hablé hace un rato, aunque la cara de consternación y la poca luz que alcanzaba a entrar al lugar no me dejaron reconocerlo desde un principio. Comenzó a hablar, tenía los ojos hinchados y la voz cobriza, típico de alguien que ha estado llorando, pero no presté atención a lo que me decía, yo estaba concentrado en intentar soltarme de la soga, pero mis múltiples huesos sin sanar completamente me arrojaron una punzada de dolor que me obligó a levantar la vista, y fue ahí cuando vi el pequeño costal ensangrentado y terminé de entender todo. El pobre imbécil sabía que ella lo engañaba, así que decidió seguirla y fue cuando me vio asesinando a su mujer, por lo que intenta devolverme el favor.

Salí de mis pensamientos cuando me vaciaron varios contenedores encima y escuché la palabra "Arder". Volteé en la dirección donde había estado él y lo único que vi fue una pared de fuego peligrosamente cerca de mí. Mi pantalón se prendió y enseguida mi camisa lo hizo también, mi cabello empezó a arder y las ampollas que causó el fuego en mi piel se reventaron tan rápido como salieron, dejando expuestas las capas más profundas de piel y consumiendo el músculo que encontraba a su paso.

Todo eso estaba pasando mientras yo gritaba como nunca había gritado, sentía hervir cada parte de mi cuerpo hasta que mis nervios se quemaron. Pronto mis ojos también dejaron de funcionar, pero era capaz de seguir oyendo todo. El sonido que predominaba en la habitación eran mis alaridos, pero bajo ellos eran perceptibles sus voces. Todos seguían ahí, estaban disfrutando el espectáculo.

Mientras tanto, el fuego llegó a mi cerebro, y es curioso, mucha gente dice que el cerebro no puede doler, pero yo sentía cada flama danzar sobre él. Pude sentir cómo se fundía y carbonizaba, mientras mis ideas, recuerdos, todo, se carbonizaba como cualquier otra parte del cuerpo.

Cuando ya no hubo nada que pudiera arder, cuando solo quedaban los huesos carbonizados y el fuego se apagó, mi cráneo fue arrancado del resto de mi cuerpo, mi alma se extinguió y mi conciencia se perdió, llevándose consigo como último recuerdo la sensación de mi sangre hervir dentro de mi cuerpo.

Nunca habría podido imaginar una muerte mejor.

Sofía, por Andrea Arriagada (Chile)

Hace ya algunos meses, asistiendo a una de mis actividades de rutina, conocí a Sofía. En ese entonces no sabía quién era, ni su nombre, ni nada de ella. Solo la vi como a cualquiera en un lugar donde había otras personas a las que saludas y con las cuales compartes un día normal. La diferencia es que, a pesar de sus intentos por pasar inadvertida, algo me llevó a observarla y fijar mi atención en ella.

Sofía era una chica de edad similar a la mía, con cierto misterio a la vista de la gente común. Tenía unos profundos ojos que, con frecuencia, miraban hacia abajo. Su cabello liso y oscuro caía sobre su pálido rostro, el cual era reacio a mostrar. Se veía una persona solitaria y pensativa, lo que llamó profundamente mi atención; esto me hizo acercarme a ella y desde ese día comencé una amistad con Sofía.

Teníamos gustos en común y comenzamos a tener largas conversaciones, pero no de cualquier tipo, o al menos no de las que se tienen con todo el mundo. Eran conversaciones profundas, misteriosas y, en algunas ocasiones, extrañas, ya que compartíamos pensamientos que no toda la gente sabría apreciar. Ella se transformó para mí en una persona especial, pero a pesar de la amistad que compartíamos, mantenía algunos misterios que para mí eran difíciles de descifrar.

Nunca conocí a su familia, se negaba a hablar de su vida pasada y nunca decía su edad, aun cuando su apariencia delataba su juventud. Al cabo de un tiempo y debido a la confianza que yo le había entregado, Sofía me llamó un día para al fin conocer el lugar donde vivía, pero esa no sería cualquier invitación, ya que todo en ella conllevaba misterio. Según dijo, debía confesarme algo que no podía decirse a través de un teléfono.

Por supuesto que accedí encantada a aquella invitación. A pesar de haber creado un vínculo, su vida aún seguía intrigándome, por lo que no quería perder la ocasión de conocer su entorno directo.

***

Llegó entonces aquel día. Siempre me he considerado una persona ansiosa, por lo que me preparé con tiempo y reconozco que sentía un grado de nerviosismo como si a la persona que iba a ver tuviera que impresionarla de alguna manera. Revisé la dirección y me aseguré de llegar con puntualidad, porque según sabía el lugar se encontraba en un sector apartado.

Al cabo de aproximadamente cuarenta minutos de trayecto había llegado finalmente al lugar exacto, según lo indicaba el mapa, pero fue ahí que sentí sorpresa y desconcierto al mismo tiempo, ya que me encontré frente a un ancho y antiguo portón de fierro negro: era la puerta de entrada a un vasto y remoto cementerio. El lugar era tétrico y sombrío, combinaba con el tono grisáceo del cielo y el frío que acompañaba aquel día de otoño. Aun así, tenía una belleza singular, una oscuridad gótica que me hizo sentir atraída a aquel paisaje, el cual me quedé contemplando detenidamente.

Al cabo de unos minutos de observar aquel lugar y de ahondar en mi propia soledad, comencé a buscar a Sofía. A esas alturas, supuse que se trataba de una locura producto de su humor particular, así que me dispuse a cruzar aquel antiguo portón. Caminé lentamente por algunas de las callejuelas del interior del lugar, en compañía del silencio sepulcral de aquel entorno. Giraba en forma brusca cada vez que caía la hoja de un árbol, o con el sonido del viento golpeando algún estropeado recuerdo de alguna de las tumbas. Las ramas secas de los árboles dibujaban largas siluetas negras en el cielo, además de aquellos sonidos solo se oían mis pasos.

Avancé hasta donde mi intuición me llevó, puesto que no había señales de mi misteriosa amiga. Cansada y un poco molesta por su extraña y estúpida broma, me dispuse a comenzar a salir de ese lugar cuando me topé con algo que me dejó sin respiro. Había una tumba que resaltaba de las demás, sobre su lápida había un extraño papel sujetado con una piedra, el cual el viento hacía golpear sobre la misma, generando un sonido similar al aleteo de un pájaro. Me acerqué a lo que parecía ser una nota, cuando mis ojos fijaron atención en el nombre escrito en aquella lápida, y fue cuando lo entendí... ¡Era el nombre de ella! El nombre de Sofía junto con una añeja y decolorada foto de su rostro al lado del epitafio. ¡Había muerto hace más de cien años!

***

El pánico se apoderó de mi cuerpo, quedé paralizada y fría sin capacidad de reacción. El hielo recorría mi espalda y el escalofrío no me permitía mover las piernas. En mis manos rígidas y temblorosas por el miedo estaba la nota que no me atrevía a leer. Cuando pude abrir los ojos por milésimas de segundos, vi que era de ella la letra en aquella hoja. En esta me explicaba "su secreto" y se disculpaba por no habérmelo confiado antes, pues temía que huyera al igual que otras personas a las que había conocido antes que yo.

Al leer esas palabras, se acrecentó el escalofrío que a esas alturas había anulado todas mis reacciones. Solo los latidos acelerados de mi corazón retumbaban en mis oídos. Cuando logré mover las piernas, quise salir corriendo, pero al voltear estaba ella, detrás de mí, observando silenciosa, clavando sus intensos ojos en mí, esperando verme huir de ese lugar. Con miedo en ese instante, vi su rostro y salí corriendo lo más lejos que pude, no calculo cuánto avancé, ya que el cementerio parecía no tener salida, sus calles se percibían interminables. Con mi cuerpo aún agitado por el horror intenté tomar descanso del impacto algunos callejones más allá.

Comencé a sentirme confundida, otras emociones además del horror comenzaron a desbordarme. La expresión que vi en su cara, el tiempo que pasé con ella, las disculpas en la nota, las imágenes en mi mente me hacían sentir abrumada. Tenía sentimientos encontrados, y dentro de ellos estaba la soledad, aquella soledad de ese lugar, la soledad que yo había sentido antes de conocer a Sofía, y la profunda soledad que debió haber sentido ella durante todos esos años. ¡Qué horror! Desconozco por qué ella seguía anclada aquí después de tanto tiempo, tal vez tenía que averiguarlo, lo que sí sabía es que debió haberse sentido completamente desolador.

Había comenzado a bajar el ocaso, la luz del día se disipaba y las sombras ya se hacían presentes en aquellos mausoleos. En un acto impulsivo me levanté y regresé a la tumba de Sofía. No tenía muy claro que sucedería, pero ahí estaba ella. Avancé lentamente, la miré fijo y vi su expresión de asombro cuando me acerqué y tomé su fría mano. En ese instante pensé que todos nosotros tenemos "secretos", por extraños que estos parezcan, o algo oculto en nuestra vida, y ella no era la excepción. Sin importar cuál fuese el suyo, ella aún seguiría siendo mi amiga. Y eso fue lo que le quise explicar mientras caminábamos solas por aquel frío y lúgubre lugar.

El albergue, por Raúl Maldonado (US)

1

Las palabras de la profesora eran un simple ruido de fondo para Sofía, que no le prestaba atención a la lección. Estaba concentrada en el papel en el que esbozaba con detallados trazos un duende de orejas puntiagudas que se asomaba detrás de una roca. Era un trenti, un duende travieso que habitaba en los bosques. Feo, pero al mismo tiempo gracioso.

La pequeña de catorce años estaba perdida en su imaginación cuando una bola de papel interrumpió su concentración al golpearle la nuca. Sobresaltada, volteó para identificar al responsable, pero sus compañeros miraban la pizarra con sospechosa atención, aunque algunos con una sonrisa cómplice en el rostro. Se burlaban de ella, pues sabían quién había sido el culpable. Sofía se sintió avergonzada y bajó la cabeza para sumergirse en su dibujo, tratando de ignorar a los que se reían a sus costillas. Le ponía los últimos detalles al traje de hojas y ramas del trenti, cuando otra bola de papel aterrizó delante de ella en medio de su carpeta. Esta vez parecía contener una nota.

Sofía abrió el papel con curiosidad; sin embargo, lo guardó rápidamente al leer el cruel mensaje que contenía: "Eres un engendro", le habían escrito. Sus compañeros empezaron a reírse descontroladamente al ver el rostro acongojado de Sofía al leer la nota. Todos en el salón de clase habían sido cómplices de la pesada broma.

—¿Qué está pasando aquí? —preguntó la profesora al escuchar las risas.

Al momento, todos los alumnos guardaron silencio. La docente miró la cara apenada de Sofía y se acercó a su carpeta. Desafortunadamente, lo primero que notó al caminar hacia ella, fue la imagen que su alumna estaba dibujando.

—¿Qué es esto? —preguntó la profesora levantando el cuaderno, exponiendo el dibujo de Sofía.

—¡Miren, se dibujó a sí misma! —exclamó uno de los alumnos al ver la extraña figura retratada en el papel. Las burlas estallaron en el aula y, entre las risas, a Sofía le llovían disimulados insultos.

—¡A ver! ¡Silencio! —gritó la profesora tratando de establecer el orden nuevamente—. No me parece gracioso que se burlen de su compañera. Ustedes no son animales.

—Ella sí… —comentó Natalia, que se sentaba a dos carpetas de Sofía, en voz baja, pero lo suficientemente fuerte como para que sus demás compañeros la oigan y las risas se desaten nuevamente en el salón de clase.

—¡Silencio, he dicho! Nada les da derecho a burlarse de su compañera. Aquí nadie es mejor que nadie —continuó la furibunda profesora. Nunca le dejaba de sorprender lo cruel que podían ser los niños. Esta vez, los alumnos guardaron silencio.

—Y usted, señorita Sofía, por favor, concéntrese en la clase —concluyó la maestra, devolviéndole el cuaderno.

Sofía no entendía por qué sus compañeros la trataban así. No había sido mala con nadie y nunca se había burlado de nadie, sin embargo, era como si toda su clase estuviera en contra suya. Sus compañeros no desperdiciaban una oportunidad para poder lastimarla con algún insulto. Había recibido improperios irrepetibles. Sus compañeros se burlaban de ella a todas horas sobre todo de su aspecto físico. La inocente Sofía era más pequeña que sus demás compañeras y no se había desarrollado físicamente como el resto de ellas. Sus ojos redondos se acentuaban aún más a través de los gruesos cristales de sus espejuelos. Su piel, blanca como la nieve, se tornaba en un intenso rojizo al mínimo contacto con el sol, o al realizar cualquier actividad que requiriera algún esfuerzo físico. Su cabello estaba constantemente alborotado, a pesar de que trataba de peinarse cada vez que podía. Todo esto era motivo de burlas.

Sofía era maltratada verbalmente por sus compañeros a cada instante, pero había dos cosas que le ayudaban a lidiar con sus problemas. Una eran las historias de duendes, hadas y trolls. Le fascinaban las historias fantásticas y sus increíbles personajes (otra de las razones por las cuales sus compañeros se mofaban cruelmente de ella), pues le permitían escapar con su imaginación a un mundo diferente, donde nadie la molestaba. Lo otro que le hacía sentir mejor, algo más realista, era el lugar al que iba los fines de semana. Todos los sábados por la mañana, Sofía se levantaba a las ocho de la mañana para llevarle comida a un albergue de niños sin hogar, con los cuales conversaba y jugaba por horas. Eran sus amigos, su familia, y absolutamente todos en el albergue la adoraban por sus nobles gestos y gran corazón. Ahí a nadie le importaba cómo se veía Sofía.

Ya durante la hora de descanso, Sofía se sentaba sola en una esquina. Los estudiantes más pequeños corrían de un lado al otro jugando, mientras los más grandes conversaban agrupados. De lejos veía a Natalia, una de las chicas más populares de la escuela, conversando con su grupo de amigos. La niña tenía catorce años al igual que Sofía, pero parecía mucho mayor. Se rumoreaba que su novio ya había terminado el colegio, lo cual la hacía más popular aún. Su cabello lacio y de color castaño claro le llegaba hasta su estrecha cintura, y absolutamente todos en el salón, o probablemente en el colegio, vivían enamorados de ella. Acompañándola estaban Linda y Rafael, que eran novios. Él era el mejor jugador del equipo de fútbol y hacía absolutamente todo lo que Linda le pidiese. A cambio, la adolescente dejaba que él la tocara en donde él quisiera.

Sofía podía escucharlos hablando atrocidades de ella. Los podía ver mirándola con aberración. Afligida y avergonzada, Sofía sacó un libro de su bolso y empezó a leer, tratando de concentrarse en otra cosa e ignorar los insultos. Era la historia de unos duendes (unos koboldos en este caso), que ayudaban a unos niños con los quehaceres del hogar, una de sus historias favoritas. Había avanzado un par de páginas, cuando de pronto un brusco golpe le tumbó el libro de las manos. El inesperado susto hizo que Sofía diera un brinco y que sus lentes también cayeran al piso. Natalia, su agresora, se plantó delante de ella, acompañada de Linda y Rafael, mientras la pequeña Sofía los observaba aterrada.

—¿Hasta cuándo vas a seguir creyendo en cuentos de hadas? Crece un poco, que aquí el único duende que existe eres tú —dijo Natalia, mirándola con desprecio.

Rafael y Linda se empezaron a reír mientras una lágrima se asomaba por el rostro de Sofía.

—Qué asco. Vámonos de aquí antes de que nos vean con esta y piensen que somos sus amigos —comentó Linda, y con una sonrisa malintencionada los tres se alejaron de Sofía.

La joven recogió los lentes del piso y se los volvió a colocar. Sacudió el libro cuidadosamente y miró a su alrededor. Todos la miraban mofándose de ella. Quiso llorar, pero se aguantó las lágrimas. No quería darle la satisfacción a sus compañeros de saber que la hicieron sufrir. Estaba acostumbrada a que los descansos fuesen una tortura para ella, y solo se limitaba a tratar de ignorar a todos, pues hacía tiempo había llegado a una conclusión: así como para sus compañeros no existían las criaturas fantásticas, para ella no iban a existir sus compañeros.

2

El fin de semana no pudo llegar más rápido, lo había estado esperando con ansias. Sofía se despertó con una sonrisa en el rostro e inmediatamente se puso a trabajar. Se dirigió a la cocina y empezó a preparar un apetitoso desayuno para los niños del albergue. Sus padres la miraban con orgullo, aunque detrás de sus sonrisas se ocultaba cierta preocupación. Sabían que los días de semana eran muy difíciles para su hija, y el poder ir al albergue todos los sábados por la mañana era lo único que la hacía olvidar sus problemas, por más poco convencional que pareciera. El papá la miraba con dulzura mientras los ojos se le hacían agua. Los profesores de la escuela le habían comentado del abuso verbal que recibía su hija por parte de sus compañeros. Querían cambiarla de escuela, pero por el momento, económicamente, les era imposible.

—¿Pasa algo, papá? —dijo Sofía con una sonrisa al notar su cara de angustia—. No te preocupes, todo está bien.

Tratando de contagiarse del optimismo de su hija, el papá se limpió el rostro y, con mejor semblante, le ayudó a finalizar el desayuno que estaba preparando.

Conversaron un poco mientras cocinaban, y una vez que todo estuvo listo, el papá le ayudó a empacar los platos y a guardarlos en una caja similar a la que utilizan los restaurantes para hacer entregas. Acomodaron la caja en la bicicleta de Sofía, y su papá se despidió de ella con un beso en la mejilla. Contenta, la pequeña empezó a pedalear y se dirigió hacia el albergue, donde sabía que todos los niños la estaban esperando ansiosamente.

Y así fue. Ni bien entró por la puerta del albergue, fue recibida por varios niños que se abalanzaron sobre ella, llenándola de cariño y abrazos. Las visitas de Sofía ponían a los pequeños muy contentos y a ella le llenaban de alegría.

—¿A dónde estamos yendo? —preguntó Natalia a su mamá. Se le notaba un poco de fastidio en el tono de voz. No estaba acostumbrada a levantarse tan temprano los fines de semana.

—Tengo que dejar unos papeles en la oficina y recoger algunas cosas, no creo que me demore mucho.

—¿Y por qué tengo que ir contigo? ¿No podía quedarme en la casa descansando?

—Tu papá tuvo que salir también, y no queríamos que te quedaras sola en casa. Además, míralo por el lado bueno, terminando podemos ir a desayunar algo.

Natalia se quedó más tranquila con la promesa de ir a desayunar, pero ni bien estacionaron el carro, la caprichosa joven ya estaba deseando poder irse.

—Nati, espérame aquí unos minutos, ¿ok? —dijo su mamá en lo que sacaba una caja grande del maletero.

—Está bien —contestó Natalia a regañadientes, cruzando los brazos. En ese instante, el celular de la joven empezó a vibrar. Era un mensaje de texto de Linda.

"¿Ya estás despierta?", preguntó Linda.

"Sí. Mi mamá me trajo aquí a acompañarla unos minutos a la oficina", contestó Natalia.

"Aww… <3".

Natalia miró por la ventana del carro, y al frente de la oficina de su mamá notó algo curioso. Había un edificio grande y con un amplio interior, muy similar a una iglesia o un colegio. El lugar tenía las puertas abiertas y dentro había un gran salón en el que podía distinguir a una persona que conocía muy bien. Era Sofía que se encontraba riendo y jugando con unos niños pequeños. No pudo evitar contarle a su amiga lo que estaba viendo.

"¡Aggggg! A que no sabes quién está aquí…"

"¿Quién?"

"La asquerosa de Sofía…".

":O ¡noooo! ¿Qué hace en la oficina de tu mamá?".

"No, tonta, al frente de la oficina de mi mamá hay una especie de iglesia, ahí está el monstruito, jugando o no sé qué. De verdad que esa chiquita me tiene aburrida, estoy cansada de verle la cara".

"¡Aja! Así que ahí es donde va todos los sábados por la mañana".

"¿A qué te refieres?".

"Es que la cara de duende vive a un par de casas de la mía, y todos los sábados por la mañana la veo salir en bicicleta. Normalmente, no regresa como hasta el mediodía".

"¿Todos los sábados?".

"Absolutamente todos".

"Eso me da una idea…".

"¿Qué tienes en mente?".

Con una malévola sonrisa, Natalia se tardó unos segundos en contestar. Se quedó mirando a Sofía imaginando todo lo que le iba a hacer. Se le había ocurrido la broma perfecta.

"Voy a necesitarte a ti y a Rafael el próximo fin de semana, el lunes te explico".

"Okis".

3

La semana siguiente fue algo particular para Sofía. Los insultos recibidos fueron menos frecuentes, especialmente de parte de Natalia, quien la mayoría de las veces se limitaba a mirarla en silencio. Fue una semana muy tranquila, en la que las horas pasaron volando. Todo se sentía muy extraño. Sabía que algo estaban tramando en su contra. Era claro que Natalia, Linda y Rafael tenían algo en mente, pero no iba a dejar que esto la afectara. Ella iba a seguir ignorándolos y esperando a que llegara el fin de semana.

Por otro lado, Natalia había comentado su plan a Rafael y Linda, quienes encantados se pusieron de acuerdo con ella. Todo estaba listo. Así pasó la semana, hasta el sonar del último timbre que indicaba que las clases por fin habían terminado.

Sofía empezó su rutina sabatina con una sonrisa en el rostro. Despertó temprano y se puso a preparar algo para que los niños comieran. Estaba feliz de que había llegado el fin de semana y de que había sobrevivido otra semana escolar. Natalia no tuvo la oportunidad de hacerle otra mala pasada. "Seguramente la semana que viene va a ser difícil", pensó mientras terminaba de acomodar sus cosas.

Una vez que todo estuvo listo, Sofía salió emocionada en dirección al albergue. El camino no era largo, pero al llegar al lugar, Sofía se encontró con una enorme sorpresa.

Cruzó con mucho cuidado la puerta del albergue que lucía vacío. Sintió un pequeño escalofrío mientras colocaba su bicicleta a un lado de la entrada. Todo estaba en silencio. Adentro había una pequeña mesa donde dejó las cosas que traía para los niños. Miró a su alrededor sin entender lo que estaba pasando. Ninguno de los niños del albergue se había acercado a ella para saludarla y, más extraño aún, no había absolutamente nadie en el recinto.

Sofía decidió investigar el edificio. Siempre se quedaba en la sala principal, sin embargo, esta vez se adentró más en el misterioso recinto. Las tenues luces del pasadizo por el que caminaba oscilaban indistintamente, y no eran lo suficientemente intensas como para iluminarlo por completo. Los pasillos estaban llenos de polvo y cajas vacías regadas por todos lados.

La segunda puerta al final del pasillo llevaba a un amplio salón desolado, más grande que el de la entrada. Las mejillas de Sofía empezaron a enrojecerse y las gotas de sudor caían por su nervioso rostro. La sala estaba iluminada por las luces blancas de cuatro lámparas ubicadas en cada esquina, pero ni un rayo de luz natural podía colarse a través de las ventanas que estaban cubiertas por unas gruesas cortinas rojas.

—¿Hola? ¿Hay alguien ahí? —repetía Sofía mientras sentía cómo la piel se le erizaba de pies a cabeza. Al igual que en los pasillos, las luces de la sala empezaron a oscilar. Sofía volteó hacia la puerta por la que había entrado, considerando escapar del lugar, cuando esta se cerró estrepitosamente. Unas risas empezaron a resonar en la sala, hasta que todas las luces se apagaron completamente.

Sofía se quedó inmóvil en su mismo lugar. Todo estaba en completa oscuridad. Era muy temprano en la mañana, pero como todas las cortinas estaban cerradas y las luces apagadas, parecían las doce de la noche. La joven estaba petrificada de miedo. Las lágrimas caían por sus mejillas y se mezclaban con su frío sudor. Estaba aterrorizada y no sabía qué era lo que estaba pasando a su alrededor. Solo lloraba y rogaba que la pesadilla que estaba viviendo terminara pronto.

En eso, las luces se volvieron a prender. La niña levantó la mirada aterrada. Esta vez las luces no eran de color blanco. Eran unas luces de color rojizo oscuro, como las de un cuarto para revelar fotos, y delante de ella aparecieron cuatro figuras escalofriantes.

Las cuatro figuras tenían una cara que la llenó de terror. Tenían las orejas y la nariz alargadas. Su piel era de un putrefacto color verde y los ojos eran de un turbio amarillo. Sofía soltó un grito ensordecedor y se apresuró hacia la puerta para huir. Las cuatro figuras empezaron a perseguirla riendo maniáticamente, hasta que delante de ella se plantó una figura más, interponiéndose entre Sofía y la puerta.

—¿Natalia? —preguntó Sofía, llorando.

La criatura tenía la misma figura que Natalia. Sin lugar a duda, era ella que se había puesto la máscara de un monstruo para asustar a Sofía. Al ser descubierta, la joven empezó a reírse escandalosamente, mientras Sofía se limpiaba las lágrimas que seguían cayendo por su rostro. La pequeña volteó y las cuatro figuras detrás de ella se quitaron las máscaras para revelar su identidad. Eran Rafael, Linda, y dos amigos más de su colegio.

Todos empezaron a burlarse e insultar a Sofía que lloraba de impotencia, arrodillada en el piso. Natalia tomó un balde de pintura blanca que se encontraba cerca y sin remordimientos, se lo tiró encima a su compañera.

—¿Qué te parecen las máscaras que nos pusimos? Seguramente te hicieron recordar a tu familia —dijo Natalia fríamente, agachándose para hablarle cara a cara.

—¿Qué pasó con los niños del albergue? —preguntó Sofía quitándose la pintura de los ojos para mirar a su alrededor, ignorando las burlas de su compañera.

—¿De qué hablas? Este lugar siempre ha estado vacío —contestó Natalia.

Una extraña sensación se apoderó de Sofía en ese momento. Era imposible.

—Mira, te voy a hacer un favor. Toma esto, va a hacer que te veas más bonita —continuó Natalia, quitándose la máscara que llevaba puesta para ponérsela a Sofía.

Todos empezaron a reírse nuevamente, mientras la pintura que caía por la cabeza de Sofía goteaba al piso, por debajo de la máscara de ogro que le acababan de colocar.

Las luces del salón se apagaron nuevamente y todo quedó a oscuras unos segundos, hasta que las luces blancas volvieron a encenderse. Todos guardaron silencio. Esta vez, las luces eran mucho más débiles y oscilaban constantemente. Apenas iluminaban el salón, y se podía escuchar con claridad el zumbido que producían los focos de luz. Ninguno de ellos había activado ningún interruptor, así que el cambio los tomó desprevenidos.

Nervioso, Rafael trató de abrir la puerta para salir del salón y averiguar quién estaba jugando con las luces. Sus esfuerzos fueron en vano, alguien la había cerrado del otro lado.

—¿Quién anda ahí? —preguntó Rafael temblando, tratando de forzar la puerta, sacudiéndola con todas sus fuerzas.

Todos miraban aterrados a su alrededor sin entender qué estaba pasando, hasta que escucharon unos diminutos pasos que se acercaban a ellos, breves y apresurados.

—¡¿Quién mierda anda ahí?! —repitió Rafael, soltando la manija de la puerta. Aterrado, se armó con una escoba que descansaba contra la pared.

De entre las sombras del almacén, empezaron a salir unas pequeñas figuras extrañas que llevaban una capucha de color amarillo que les cubría la cabeza y ocultaba sus rostros. Eran del tamaño de un niño de dos años, probablemente, y caminaban a toda velocidad hacia ellos. Todos los muchachos estaban en shock, incluyendo Sofía que, sin quitarse la máscara, se había levantado del piso.

Lo único que se les notaba a las minúsculas criaturas eran los brillantes ojos blancos y la oscura piel de sus rostros, asomándose bajo la capucha.

—¿Qué mierda es esto? Natalia, ¿es otra broma? —preguntó Linda, aunque Natalia no podía responder. Estaba paralizada de miedo.

Al principio, Sofía pensó que eran los niños del albergue. Incluso le resultaron familiares, hasta que las diminutas figuras dejaron caer sus capuchas al suelo, y sus desnudos cuerpos empezaron a agigantarse a través de las sombras. Los pequeños seres soltaban lacerantes alaridos mientras sus cuerpos se contorsionaban bruscamente conforme se hacían más grandes. El sonido de su piel estirándose revolvía el estómago a los jóvenes, quienes miraban con asombro. En cuestión de segundos, las grotescas criaturas dejaron de retorcerse y crecer, alcanzando casi los siete pies y medio de altura. Tenían uñas y dientes afilados, por los cuales caía una viscosa saliva. Sus narices eran prominentes y sus fosas nasales se abrían y cerraban con cada respiro que tomaban. Sus orejas eran alargadas y terminaban en punta. Tenían una sonrisa macabra y los ojos inyectados de sangre. Sus venas resaltaban a través de su piel de color verde olivo, y un pelaje de color oscuro les revestía el área pélvica y abdominal. Cuando todos los estudiantes empezaron a gritar y trataron de huir, ya era demasiado tarde. Las figuras, riendo maniáticamente, se abalanzaron sobre ellos con velocidad sobrenatural y empezaron a morderlos con vehemencia, arrancando con sus colmillos las extremidades de los niños como si estuviesen hechos de plastilina.

Era un baño de sangre que salpicaba hacia todos lados. Uno de los monstruos tomó la cabeza de Rafael y la estrelló contra el piso. El sonido del impacto contra el suelo hizo que Sofía, que estaba mirando, se retorciera asustada. El cráneo del joven se abrió como un huevo que fue estrellado contra el borde de una sartén. Inmediatamente se formó una laguna de sangre a su alrededor, de la cual la bestia empezó a beber. Las criaturas se inclinaban sobre los cuerpos inertes de los niños, buscando signos de vida. Parecían buitres alimentándose de los restos de algún animal. Mascaban las extremidades como un perro que juega con un hueso.

¿Serán duendes? ¿Serán trolls?, se preguntaba Sofía, que no podía creer lo que estaba pasando delante de sus ojos. Las criaturas atacaron a absolutamente todos, menos a ella que se encontraba de pie al centro de toda la conmoción. La incrédula joven, al ver a los seres alimentándose de los cuerpos de sus compañeros a su alrededor, se quitó la máscara manchada en pintura y sangre. Estaba sorprendida, sí, pero increíblemente ya no sentía miedo. Era como si conociera a las criaturas, como si hubiese jugado con ellos antes. Uno de los "duendes" levantó la cabeza y la miró a los ojos, mientras le arrancaba el corazón al cadáver de Linda y lo empezaba a lamer para saborear cada gota de sangre. Eran reales, pensó Sofía, mientras veía cómo otro duende le enterraba una de sus uñas en uno de los ojos de Natalia para arrancárselo, y se lo metía a la boca como si fuese una aceituna ensartada en un palillo. Tal y como se los había imaginado. Eran hermosos, se repetía Sofía, mientras escuchaba los agónicos gritos de los que todavía no habían muerto. El sonido de la piel siendo desgarrada y la macabra risa de los extraños seres, se había convertido en música para sus oídos. Eran hermosos de verdad. De pronto, la sangre de Natalia le salpicó en el rostro, lo cual la cogió por sorpresa. Por unos instantes, Sofía se quedó paralizada sin saber qué hacer, hasta que, tras pensarlo un poco, se pasó la lengua por la mejilla para limpiarse la sangre. Se sentó en el medio del salón, y siguió disfrutando de la siniestra escena, embelesada y con una ligera sonrisa.

La cena de navidad, por Jorge Caroca M. (Chile)

Alguien golpeó la puerta del otro lado.

—¿Está todo bien ahí adentro? —Valentina se oía preocupada.

—S-sí —balbuceó Javier con voz trémula—, todo bien. Solo dame un minuto.

Pero Javier no estaba nada bien. El sudor frío corría por su frente formando gruesos goterones. Su corazón latía tan fuerte que amenazaba con salir de su pecho. La falta de aire oprimía sus pulmones y los retortijones abdominales aumentaban en frecuencia. Se acercó al inodoro, pero no importaba cuántas veces tirara de la cadena, obtenía el mismo resultado. El mecanismo no funcionaba y el indescriptible contenido de la taza seguía ahí. Esa combinación de colores, el movimiento sutil, pero continuo, y esa ominosa forma sugerían maldades que no pertenecían a este mundo. ¿Cómo era posible que eso hubiera salido del interior de su cuerpo?

Sin embargo, ahí estaba, flotando en el agua.

Acechándolo.

Javier y Valentina llevaban tres meses juntos, un rayo de luz en la solitaria vida del tímido joven. Cuando la vio entrar a la oficina por primera vez, quedó hipnotizado de inmediato por su mirada que cautivaba y reconfortaba al mismo tiempo. Tal vez eran sus ojos de un color que jamás había visto, parecidos a un atardecer con tonos plateados y tornasoles, pero que cambiaban constantemente.

—¿Qué me dices entonces? —preguntó la morena con una sonrisa coqueta. Javier no respondió, sumergido completamente en sus ojos grises. La dulce risa de la joven rompió el embrujo—. Te pregunté si querías ir a casa de mis padres para la cena de Navidad. Es una fecha muy importante para ellos y ya me hace ilusión que los conozcas.

—¿Estás segura? —contestó dubitativo. Miles de temores asaltaron su mente—. O sea, me encantaría, claro, pero eres un misterio para mí. No me has contado nada de tu pasado o tu familia, solo que vienes de afuera, y no quiero que tus padres piensen mal de mí y que…

Valentina subió sobre él. Dejó caer sus rizos negros sobre el cuerpo de Javier y lentamente acercó su boca a su oído.

—¿Quieres venir o no?

Anochecía cuando el autobús los dejó frente a una antiquísima casa de estilo colonial en las afueras de un pueblo tan remoto que no aparecía en *Google Maps*. El antejardín, repleto de gruesas enredaderas y exóticas flores de colores que parecían cambiar a cada paso, tenía un aspecto tenebroso ante la escasa luz crepuscular. En un rincón, bajo un árbol nudoso y retorcido, un altar dedicado a una figura extraña se alzaba entre las velas encendidas. Alguna virgencita, quizás, aunque dudaba haber visto una imagen similar en iglesia alguna. Un escalofrío recorrió el cuerpo del joven.

Tenía un mal presentimiento sobre esto.

—Relájate, Javier, solo son mis padres.

Llamaron a la puerta. Una señora de rizos canos apareció del otro lado. Sus ojos, del mismo color indescriptible tan familiar y exótico a la vez, se posaron sobre Valentina y la abrazó con una gran sonrisa.

—Mamá, él es Javier, mi novio.

La sonrisa transmutó en una mirada escrutadora que parecía hurgar en lo más profundo de los miedos del joven. De alguna manera, sentía en su propia piel el tacto de los ojos inquisidores. Una voz hosca y demandante interrumpió el silencio de la noche.

—Pasen, que luego refresca. Tú —apuntando a Javier—, lleva las maletas de mi hija.

Él obedeció pasmado. Escuchó nítidamente las palabras de la señora, pero juraría que nunca vio sus labios moverse.

—No te preocupes —dijo Valentina en voz baja—, mi mamá hace lo mismo con todos mis novios.

—¿Todos? ¿Cuántos son todos?

Algo estaba mal en esa casa. ¿Eran las antigüedades de aspecto macabro, o los antiguos volúmenes de nombres prohibidos que juntaban polvo en las estanterías? *Liber Dominus Arcano, De Vermis Mysteriis, Cthäat Aquadingen...* No, lo que más perturbaba a Javier era la completa ausencia de decoración navideña. Ni árbol, ni nacimiento, ni nada. ¿No que esta fecha era muy importante para la familia de Valentina? Por el contrario, el lugar estaba repleto de figuras extrañas que se veían como antiguos ídolos de piedra, rodeadas de cirios y ofrendas diversas como flores, monedas o huesecillos. Sin embargo, las estatuas parecían moverse discretamente, como si bailaran al son de las llamas en las velas, como si vibraran en una frecuencia distinta al resto de la realidad, pero no podía ser cierto, tenían que ser sus nervios jugándole una mala pasada. Siempre había sido alguien impresionable.

Tres personas en la mesa. Valentina y su padre, poniéndose al día. Javier, en un rincón, ignorado, en silencio. Un intruso en la celebración familiar. La madre salió de la cocina y sirvió un espeso caldo que emanaba un vapor irritante. Trozos de carne correosa de origen desconocido flotaban en la sopa. Javier dudó si probar el plato, pero, apremiado por sus anfitriones, se llevó la cuchara a la boca.

La familia comía y conversaba como si no tuvieran un invitado. Preguntaban a Valentina por sus antiguos novios y reían con las anécdotas de los muchachos que habían estado en las cenas de Navidad de los años anteriores. Aunque su mente trabajara a máxima velocidad, no sabía qué hacer o decir. Confundido y nervioso, Javier sacó su celular para distraerse.

No tenía señal.

Sus pulsaciones se aceleraron y un sudor frío empapó su espalda. Su boca se secó y una sensación de intranquilidad agitó sus piernas. Una oleada de calor lo invadió, seguida de un frío implacable. Sin embargo, lo peor fue el fulminante dolor abdominal.

—¿Dónde está el baño?

Apenas alcanzó a sentarse en el inodoro antes de que sus tripas se vaciaran con inusitada furia. El contenido, sin embargo, era alarmante.

—¿Está todo bien ahí adentro?

—S-sí, todo bien. Solo dame un minuto.

Pero Javier no estaba nada bien. Esa noche había sido horrible: estaba perdido en un lugar desconocido, en la casa de unos suegros que hacían como si no existiera, enfermo del estómago y con el inodoro descompuesto. Tiraba de la cadena con desesperación, pero nada. Esa innatural presencia seguía ahí, flotando entre la diarrea. En cualquier otra circunstancia habría jurado que semejante atrocidad no podría haber salido de su cuerpo, pero así había sido. No podía describir lo que fuera que había en la taza del baño, pero estaba seguro de que lo observaba, aunque no tuviera ojos. Los calambres lo azotaron nuevamente, así que regresó al inodoro. Sin embargo, antes de expulsar cualquier cosa, sintió el tacto frío y viscoso de lo que parecía un tentáculo imposible acariciándole las nalgas.

Javier se cagó de miedo.

¿Qué mierda estaba pasando?

Todo manchado, con los pantalones abajo, sudado y adolorido, se arrastró por el piso del baño, incapaz de articular palabra, mientras lo observaba salir del inodoro. No daba crédito a sus ojos. Estaba tan aterrado que no era capaz de entender lo que veía. Debía de ser una alucinación por la fiebre, pensaba. Tiene que ser una alucinación.

Su sola presencia en esa habitación desafiaba toda lógica. Un aura peligrosamente maligna emanaba de lo que avanzaba lentamente hacia él, de esa maldita e imposible combinación de colores que Javier nunca había visto, pero que reconocía de inmediato. La misma de las flores del antejardín, del caldo que le sirvieron y de los ojos hipnóticos de Valentina.

Como pudo, se incorporó y trató de abrir la puerta, pero no pudo. Forcejeó con desesperación, pero el resultado era el mismo. Javier descubrió con horror que estaba cerrado con llave.

En el salón solo se escuchaban los gritos desgarradores y el sonido seco de los golpes provenientes del cuarto de baño. Poco a poco se hicieron más débiles hasta que cesaron del todo. Luego se oyó un borboteo, seguido del inconfundible sonido de la cadena del inodoro. En ese momento, un intenso hedor invadió la casa.

—¿De nuevo, mamá?

—Es que, mija, ¿cuándo nos va a traer uno que valga la pena?

La casa del bosque, por Jorge Rojas (Chile)

La noche era fría y brumosa, la niebla impedía ver con claridad el camino a la casa cuya luz Michael había divisado a lo lejos. Caminaba con dificultad debido a la espesura de la neblina, solo acompañado por el sonido de sus pasos y los aullidos de los búhos, los únicos habitantes del espeso bosque. La angustia y el miedo lo consumían, deseaba llegar prontamente a aquella casa para pedir ayuda, pues su auto se había averiado a la orilla del camino. Ya era tarde, y si lograba llegar probablemente tendría que pernoctar allí, pues era imposible regresar al lugar donde había dejado su automóvil debido a la oscuridad y la cerrada niebla.

Su respiración era entrecortada y sus pies pesados como botas de acero. El ulular de los búhos se intensificaba, haciéndole sentir que estaban casi posados en sus hombros. La densa neblina comenzó a desaparecer a medida que se acercaba a la morada. Una tenue luz proveniente del porche dejó ver aquella lúgubre casa. Aceleró los pasos hasta correr en procura de la escalera para acercarse a la puerta de entrada, la golpeó con fuerza, pero nadie abrió. Comenzó a desesperarse, el frío y la angustia lo conducían a un estado de desazón. La casa tenía que estar habitada, la luz del porche indicaba que en su interior esta se encontraba con moradores.

Golpeó nuevamente la puerta, ahora con más fuerza. Nadie abrió. Escudriñó el ancho pasillo que la rodeaba para guarecerse del frío. El cansancio lo llevó a un estado de sopor.

Despertó en una habitación de la casa, su cabeza revoloteaba, le dolía. Sus ojos, al abrirse, sentían una picazón. Cuando logró tener despejada la vista, divisó frente a él un hombre de figura enjuta y rostro demacrado. El extraño personaje parecía sacado de una película de Boris Karloff. Este le preguntó cómo se sentía y Michael, con dificultad, respondió y le narró lo sucedido la noche anterior. El extraño ser le contó que lo había encontrado durmiendo en el pasillo al borde de una hipotermia, así que lo tomó en sus brazos para acostarlo y lo dejó dormir.

Michael pidió un vaso de agua; el hombre se ofreció a traer algo de comer, pero rechazó el ofrecimiento, solo quería saciar la sed con la que había despertado. El hombre regresó con una jarra de vidrio colmada de agua y un vaso, los depositó sobre una mesa que se encontraba al lado de la cama y abandonó el cuarto.

Luego de beber el agua, Michael se levantó con dificultad. Sus pies no estaban descalzos, abrió la puerta de la recámara y salió en su busca, pero no lo encontró. Se dirigió a la puerta de entrada para buscarlo en el exterior; sin embargo, la puerta no se abrió.

Tres días después de aquel suceso, una pareja de exploradores se encontró con la casa. Golpearon la puerta, pero nadie abrió. Uno de ellos le dijo a su compañero que quizás en esa morada estaba el dueño del automóvil que habían encontrado sin ocupantes. Volvieron a golpear, no hubo respuesta. Como ya oscurecía, decidieron pasar la noche en el pasillo, esperando que en algún momento alguien llegara.

Al día siguiente, los exploradores despertaron en una habitación. A su lado se alzaba la figura del hombre alto y de enjuta figura. Este les ofreció agua y les dijo que los había encontrado durmiendo en el pasillo, los cargó en sus hombros y los depositó en una cama para que continuaran aletargados.

—¡Ya les traigo su agua! —dijo con una voz aguda.

Los exploradores, desconfiados, saltaron de sus camas y abrieron la puerta del cuarto para seguirlo, pero el hombre no estaba. Buscaron el pórtico de entrada para rastrearlo, pero la puerta no se abrió.

Una semana después, las autoridades locales informaron a la población que se encontraban en la búsqueda de tres personas desaparecidas, y agradecían la colaboración de los habitantes entregando pistas que permitieran dar con su paradero. Una patrulla de la policía llegó hasta el frontis de la casa, pero decidió no detenerse. Uno de los oficiales aseveró con certeza que no era necesario perder tiempo y tocar a la puerta de aquella vivienda, pues se encontraba abandonada desde la muerte de su último propietario, además de que, a su alrededor, ya nada indicaba la presencia de vida, por lo que continuaron la búsqueda de los desaparecidos.

En el sótano de la casa se escuchaban los gemidos escalofriantes de tres hombres atados en una camilla. A su alrededor, pulula un ser alto y de enjuta figura, vestido con un delantal blanco. En una mesa, se desplegaban diversos instrumentos quirúrgicos. Los lamentos, acompañados ahora de sollozos, se intensificaron. De pronto estos se apagaron abruptamente.

La policía dejó de buscar; los desaparecidos nunca fueron encontrados, y la casa continúa deshabitada. La tenue luz del porche suele asomarse en noches frías y brumosas.

Antonia, por Jimena Cherry (México)

El día en que te veo por primera vez, harás lo que hiciste los siguientes cinco años sin falta. Miras por la ventana y tu pensar es transparente. Tienes los huesos fríos. Te miro y permanezco boquiabierto, y me siento ver por primera vez. Esto debe ser la nostalgia. Pasas tus manos por tu cabello y sigues mirando la ventana. Podría permanecer la vida viéndote, pero el tránsito de la *Rue Montalve* no me permite más ver hacia la casa del número 46.

Al día siguiente, decido caminar al trabajo y también decido permanecer más. Te veo y sigues mirando a la ventana, peinando tus rizos suaves y rojizos. Aún tienes los huesos fríos y la mirada perdida. No sé si es el brillo en la ventana o si verdaderamente tu piel es tan blanca. Creo haber estado una hora viéndote, y he decidido que quizás ya no veo bien; no veo mucho de tu rostro, quizás es porque no he tomado café.

Vuelvo esa tarde. Sentado en mi oficina frente al tortuoso escritorio, no puedo dejar de pensarte. ¿Quién eres? ¿Cuál es tu nombre? ¿Por qué tienes los huesos fríos? Llego a tu casa, ansioso de volver a encontrarte. La casa sigue igual cuando la ilumina el sol de las seis de la mañana, a cuando se quema con el atardecer: blanca, con tejado rojo y descuidada. Quién diría que algo como tu enigma vendría de aquella casa. La emoción me revolotea en el estómago cuando me acerco hasta que estoy de pie frente a la casa, sin ruido. Ni siquiera los ruidos sordos, los que no son ruidos pero que no se olvidan, ni siquiera los que son más fuertes que el silencio que los acompaña. No hay ruido y no me miras, pero yo te veo mejor que en la mañana. Estás en el mismo lugar, como si las horas pasasen en valde y tú las ignoraras. No volví al trabajo, me quedé a verte hasta que anocheció y dejé de ver las luces de tu casa.

La mañana del martes sucede igual, llego tarde al trabajo por quedarme a mirarte. Esa mañana alguien sale de tu casa en uno de esos autos nuevos de carrera barata. Es un hombre de barba blanca, supuse era tu padre. Al verlo me fui, y sentí querer hacer un retrato de ti. Me compré un pincel y en el camino de regreso ansié verte para compararte con él. Y no estás. Siento un vacío en el pecho mientras llueve, pero te esperaré. Después de una hora no llegaste y tuve que volver, ¿a dónde habrás podido escaparte?

Durante esa noche te pensé. Te llamas Antonia, y tienes dieciséis. Quiero saber más de ti, ¿qué hacías ayer? Soñé que a veces te hacías llamar Carmilla, y eras como la vampira de la noche de Le Fanu; así le di una razón a tu misterio y tu huida de ayer. Pero no puedes ser Carmilla, tu cabello es rojo, qué ironía la mía.

La siguiente semana, como la anterior, voy a verte. Decido faltar al trabajo y me siento en la acera de la *Rue Montalve*. Pasaste la mañana peinando tus rizos sin mirarme, como ya había yo de acostumbrarme; hasta que, a eso de las dos de la tarde, salieron a la calle dos niños de tu casa. Uno no tiene más de diez años, y el otro quizá dos más. La puerta de la casa rechinó y fue cómo me di cuenta de que debía esconderme para que no me vieran verte.

Decido que son tus hermanos, el mayor Níccolo y el chico Fando. Han salido a jugar. ¿Por qué no te han invitado? ¿Por qué te dejan atrás? Pienso que quizás estás enferma, y quizás por eso no sales a jugar. Tu mirada cambia en cuanto los niños salen, y en un inicio te veo brincar. Te ves tan emocionada que brinco contigo, nunca te había visto brincar. Pensé que pronto saldrías a jugar con ellos, hasta que volvió en tu pálido rostro la transparencia y la quietud. Me siento triste por ti, Antonia, y por más que veo no entiendo nada.

La semana siguiente me animo a acercarme a tu puerta. No, no puedo tocar, no me conoces. Te veo, pero no me has visto. Te he comprado flores, supongo que debo darte flores si es que por algo no puedes salir a jugar. Te compré girasoles, ¿te gustan los girasoles? Los he dejado en tu puerta, no hay nota, no sé qué decirte. Luego corrí y me fui al trabajo.

Me han echado, y es que ya han pasado seis meses que voy inconsistente al trabajo. No me preocupa mientras siga pudiendo verte. Ahora sin empleo podría ir a tu casa y recitarte algunos versos que te he escrito. Para ello tendré que afeitarme, qué tal que ese es el día en que me veas.

Pronto el tiempo se fue volando y pasaron cinco años, desde hace dos que perdí mi casa, pocos meses que prácticamente no como nada. Es fácil cómo el hambre se escapa, una vez que nos acostumbramos a sentirla parece que no existe. Incluso se me olvida. Ocurre lo mismo cuando te miro, todo alrededor parece que no existe. Incluso se me olvida.

He de decirte que estoy cada vez más enfadado. Todos los jueves a las dos, Níccolo y Fando salen a jugar, y tú nunca vas con ellos. Níccolo no ha cambiado mucho en realidad, pero Fando ha crecido tanto que parece que su piel no le alcanza a cubrir los huesos. Está tan flaco que desaparece; y yo también he perdido mucho peso.

En una ocasión, meses antes, toda tu familia salió como yéndose de viaje. Salieron en el auto nuevo de carrera barata con ropa de playa y euforia, y creí verte ahí con ellos. Sentí que debía cuidar tu casa en lo que no estabas, así que seguí yendo. No sabes cuánto te extrañaba.

A los dos días, cuando tu familia no había regresado, apareciste de nuevo en la ventana. Sentí el corazón salírseme del pecho. No te habían llevado con ellos, todo ese tiempo estuviste sola, te habían dejado sola. Te vi llorar por primera vez, y estuve a punto de escalar hasta tu ventana para rescatarte, pero ya no tenía fuerzas, casi ni podía levantarme.

Pasaron tres años hasta que hoy me he armado de valor. Es jueves. Por fin haré algo para rescatarte. Esperé a que dieran las dos, y que Níccolo y Fando se encontraran concentrados jugando, para moverme. Salgo del arbusto en el que suelo esconderme y me les acerco, iracundo, hastiado, desesperado.

Por primera vez en cinco años, ambos niños pelirrojos voltean a verme. Detienen su juego y permanecen ahí, anonadados.

—¿Por qué son tan crueles con ella? —pregunto, aún sin exaltarme demasiado.

Ambos solo me miran, parece que no han entendido nada.

—¿Por qué nunca juegan con Antonia? ¡Siempre la dejan sola!

—¿Quién es Antonia? —pregunta el pequeño Fando, y yo siento como la sangre hierve en mí desde adentro.

—¿Qué no la ven? Parece que fuera invisible para ustedes, parece que la aprisionan en esta casa desde siempre.

Ambos miran con temor mi histeria. Es oficial, ignoran su presencia.

—No me tiren de loco, y solo miren por la ventana. Antonia es una niña buena y dulce, y es igual a ustedes. Si vieran cómo brinca de gozo en la ventana al verlos, solo quiere jugar, solo quiere ser parte de ustedes.

—Señor —me interrumpe Níccolo—, aquí no vive una niña.

—¡No quieran mentirme si me han visto ya a los ojos! Hablo de la niña pelirroja que siempre está en esa ventana y peina sus rizos, la niña bonita que nunca mira, que está siempre quieta, la niña bonita de huesos fríos.

Zumbido de Malaria, por Necedad (México)

Llegar a vivir en una ciudad puede ser bastante solitario, más si eres una mujer en sus treintas siendo perita en el juzgado de una de las urbes más concurridas del mundo. Siempre quise dedicarme a lo penal y forense, es un trabajo duro y sucio, pero alguien lo tiene que hacer. Puede parecer contradictorio que pueda encontrar una forma de meditar en este oficio lleno de tantas malas noticias, delirios y perversiones que llegan a la oficina del juez. A veces, me causa miedo y sosiego caminar por las noches; siempre camino de prisa para llegar a casa y evitar el bullicio de la ciudad. Me gustan más las calles solitarias con lámparas titilantes. Me gusta el silencio de la noche, dormir y descansar hasta que es interrumpido por un maldito mosquito.

Me encargo de leer y pasar cada uno de los casos, subrayando los detalles de suma importancia de cada expediente. Esto me ha llevado a estar más cerca del juez, quien me está preparando para estar en su lugar. Últimamente me ha pedido mi opinión y eso me ha hecho sentir estupenda.

Hace un par de semanas, llegaron dos casos atípicos a la fiscalía. Al parecer las víctimas, de entre veintiocho a treintaitrés años, masculino y femenino respectivamente, habían sido apuñalados en el cuello, dejando tres orificios en forma de triángulo invertido. ¡Jum! Lo más curioso de todo esto es que hay muy poca sangre derramada en el lugar de los hechos, como si les hubieran succionado la sangre. Los cuerpos habían perdido aproximadamente dos litros de sangre para haberse podido desmayar. Se veían signos de lucha, las muñecas de las víctimas parecían haber sido sujetadas con demasiada fuerza. Vellos gruesos y transparentes se encontraron en el suelo, probablemente sean del culpable. En el organismo de los cadáveres se encontró una cantidad considerable de una… ¿toxina anticoagulante? Tal vez eso provocó la hinchazón y el enrojecimiento de los cuerpos. Seguimos atentos a que lleguen más datos de los estudios forenses, esperando poder analizar el ADN encontrado.

Vaya caso. Puede que estemos tras la pista de un nuevo asesino en serie. El tráfico de órganos ha ido en aumento y, por consiguiente, el de tejidos, células y sangre. Ahora sí tenemos trabajo, desde aquel incidente en un laboratorio genético, en el que varios investigadores perdieron la vida en una explosión. No se sabe si fue provocado por alguien. Muchos factores indican que sí: dicen que fue un atentado de farmacéuticas, ya que estaban investigando la cura de muchas de las nuevas enfermedades virales de estos tiempos. Vaya que se necesitan; tras la aparición de varias pandemias, uno ya espera el fin del mundo. Especialmente cuando Flora, una de las mujeres más filantrópicas y conocidas de nuestro país desapareció. Ella financiaba varios de los proyectos de aquel laboratorio, era una bióloga amante de los insectos, en especial de las polillas, abejas y cualquier cosa que tuviera alas. Vivimos en un mundo cruel, donde el sufrimiento se convierte en el negocio de otros. Varios monstruos del mercado prefieren una población enferma y decadente.

Estamos llegando a las temporadas de lluvia. Han aparecido más víctimas de nuestro querido Drácula, lo han apodado así: el chupasangre, vampiro, la sanguijuela, la chinche, el zancudo, chupacabras y demás. El patrón ha sido el mismo: jóvenes adultos sanos de veintiséis a cuarenta años, con las mismas marcas, succionados hasta un tercio de su sangre. Se descubrió en la investigación que los de su preferencia son O+. Tras el examen forense, las víctimas inconscientes empiezan a sufrir una infección por parásitos semejantes a la malaria. Creo que nuestro amigo no ha limpiado esas agujas con las que perfora a sus víctimas. La frecuencia de sus ataques ha sido cerca de la presa, el lago artificial y las orillas del canal y desagües industriales. ¡Vaya! ¿Es fetichista, acaso? ¿Qué le provocará estar cerca de la humedad?

Parece que le gusta cazarlos mientras las personas se ejercitan corriendo en las madrugadas o en la noche. Han puesto a la policía más alerta con rondines durante la noche entera. Pudieron encontrar una pista bastante importante en uno de los asesinatos: el broche de oro en forma de abeja perteneciente a Flora. Esto conecta al asesino con su desaparición, tenía uno de sus cabellos manchado en sangre y fluidos por todos lados.

Pocos días después, me llamaron para ir a campo. Mi jefe me había comentado que mi compañera se sentía perturbada de ir a levantar la evidencia, decía haber reportado un olor nauseabundo, jaquecas fuertes, pesadillas y una repulsión irracional hacia el vello que empezaban a encontrar en los cadáveres. Hasta ahora los estudios no logran comprender el origen de este tejido; parece ser de un animal, no de humano. Lo ha estado dejando en cada uno de los cuerpos, es un vello grueso, flexible y algo adherible como el velcro. ¿Qué clase de animal tiene un pelaje así?

Como sea, me dirigí a la última escena del crimen. Por fin había cometido un error nuestro querido adversario: había dejado un testigo vivo o algo así. El testimonio dice haberse desmayado tras haber escuchado un zumbido ensordecedor, pero familiar, por la espalda. No sabemos la razón exacta por la cual lo dejó vivo, parece ser que no era la clase de víctima que suele frecuentar; el sujeto no tiene una condición física saludable. Ambas personas fueron emboscadas tras salir del trabajo en su turno nocturno y perder el transporte de la empresa, lo que los orilló a caminar hasta la gasolinera más cercana.

Me siento como en una película, siempre he tenido cierta curiosidad y fascinación por los asesinos seriales. No es que admire su trabajo, sino que tratar de comprender su comportamiento, sus motivos y sus aficiones es intrigante. Es decir, ¿cuál es el propósito de drenar su sangre? ¿Estará metido en el bajo mundo? Por lo general, son traumas con alguno de los padres, o tal vez solo nació psicópata y ya no puede contener su impulso de asesinar y experimentar con la sangre de sus víctimas.

Mi compañera tenía razón, queda un olor asqueroso impregnado. Este pelaje no parece ser de ningún animal existente, estamos más que confundidos. La histeria colectiva empieza a crecer, ahora lo llaman el asesino del zumbido. ¿Tendrá que ver con el broche de abeja de Flora? ¿La habrá asesinado? ¿Cuáles serían sus intenciones? Un trabajo sucio, tal vez de la mafia farmacéutica, otros dicen que un líder político, y el más ridículo hasta ahora es que uno de sus amantes la mandó asesinar. Es absurdo, ella estaba más que entregada a su carrera.

La gente cree escuchar un zumbido cuando la noche es más oscura. Las lluvias entorpecen la vigilancia policiaca y en las mañanas el vapor de las alcantarillas despide el mismo olor que deja en las víctimas. Ha empezado a atacar animales por igual. ¡Cielos! Ha avanzado demasiado, ahora ya no sigue patrones definidos, pareciera estar hambriento de sangre. El hedor es cada vez más fuerte cerca de los desagües. Revueltas, pánico, la gente grita haber visto sombras sobre sus techos. La verdad es que ha habido más accidentes por la paranoia que por el susodicho monstruo del Zumbido, ahora lo llaman "Monstruo".

Me dirijo a casa apretando el paso para que la lluvia no estropee lo poco que queda de mí. Ahora hay rumores de que unos peces muy extraños han aparecido en las orillas del canal. ¡Imposible! No ha habido peces desde hace años, solo puedes encontrar ratas, cucarachas y mosquitos en los desechos de la ciudad. Por si fuera poco, nuestro asesino ruidoso obtuvo un pez grande: esta vez, uno de los directivos más importantes del conglomerado farmacéutico fue encontrado sin vida con las mismas características. Quiero creer que estos sujetos no lograron pagarle bien el haberse deshecho de la principal promotora en investigación.

Me acaban de mandar un mensaje a mi celular. ¡Rayos! Hoy quería llegar temprano a casa, pero es una reunión de emergencia. ¿Qué? Vaya, tendremos una visita del jefe de policía, del gobernador en turno y el comité directivo de la farmacéutica. Esto ha llegado muy lejos, la lluvia ha aumentado su intensidad, hay demasiado ruido con este aguacero, pero... ¿Qué sonido tan molesto es ese? ¿Es acaso un zumbido? ¡No! No puedo creer lo que estoy viendo. Ese pobre chico al otro lado... ¡Dios mío! Le está succionando... ¡Es enorme esa cosa!

No puedo quedarme aquí, debo regresar y contar lo que presencié. Debo darme prisa, los supuestos peces, el zumbido, el broche, las marcas, el tipo de sangre, el incendio del laboratorio, ahora todo tiene sentido. No puedo dejar de escuchar los gritos de mi mente de ese pobre chico. Más gente lo pudo ver; está hambrienta. ¿Qué rayos estaban pensando? ¡Maldito taxi! ¿No puede ir más rápido? Mi mente está vuelta loca, esto no puede ser posible, esto no puede pasar en la vida real, nadie te prepara para una situación tan grotesca como esta. ¡Carajo! Estoy tan tensa que he quebrado la pantalla de mi celular con las manos.

Treinta angustiosos minutos, esto no está bien, he llegado y directamente me llevaron a presenciar algo en la Cámara Gesell. Tenían al primer testigo sobreviviente en una camilla con tremendos dolores en el estómago, que lo tenía a punto de reventar como una mujer embarazada. Lo tenían amarrado, gritaba que lo asesinaran y termináramos con su sufrimiento. Yo no podía hablar, seguía en shock intentando procesar todo esto.

Los directivos tenían una expresión de culpabilidad y remordimiento, ellos decían ser los causantes de toda esta locura. Empezaron por explicar que estaban hartos de los ataques políticos y las señalizaciones por parte de Flora. Ella había descubierto sobre sus experimentos en humanos, con nuevos fármacos, el desarrollo de potentes retrovirus y bacterias anaerobias. Desde hace años prohibieron la experimentación en animales y comenzaron con secuestrar indigentes, gente que nadie extrañaría y que serviría para la campaña de reelección del gobernador sobre la disminución de pobreza y marginación social. Flora estuvo muy cerca de poder filtrar toda esta información e iniciar una demanda que les costaría millones.

Fue así como decidieron por desaparecerla. El laboratorio que la apoyaba estaba totalmente involucrado en esta investigación de alto riesgo. Fue en una noche que amenazaron a todo el personal con entregar a Flora, de no ser así empezarían a persuadir a cada uno de formas poco ortodoxas. Ese fue el fin de Flora, la amordazaron y la encerraron en uno de los laboratorios, le inyectaron parásitos directamente en las venas que portaban el virus de Malaria subdesarrollado, llamado Pico - Malaria Negra, extremadamente mutable. Estos parásitos modificados con ADN de mosquito se infiltraron en el sistema óseo de la bióloga, creando un huésped híbrido. Ellos querían que solo sufriera, la fueron a arrojar al canal dentro de una bolsa hermética, puesto que había muerto por la intensa fiebre que le corroía los órganos y quedó deformada por una reacción alérgica. Quemaron el laboratorio junto con todo el personal dentro, haciéndolo parecer un accidente.

Fue al momento de terminar la historia que, dentro de la cabina, al testigo le brotaron unos seis o siete moscos monstruosos que replicaban el mismo zumbido asesino. La cabina quedó manchada de sangre y tripas, el asqueroso hedor que emanaba era penetrante. Pronto quebraron el cristal y comenzaron por cazarnos.

Esas criaturas tienen rasgos humanoides, una pequeña cabeza, ojos humanos enormes que parecen espuma, esas mismas vellosidades de un insecto, piel carnosa, una garganta expuesta dividida que muestra su probóscide —por donde logras ver cómo succionan la sangre—, las piernas y brazos humanos alargados y esqueléticos, alas palmeadas, dos muñones incrustados en un tórax encogido a la mitad, y un saco translúcido en la parte inferior —donde puedes ver sus órganos y el depósito de sangre—. Pronto todas las pupas depositadas por Flora en el desagüe eventualmente eclosionaron.

Pude escapar por ahora, pero no será por siempre…

El 1, por Carlos Cortés (México)

Una cifra de dieciocho números consecutivos. Variados en sí, estos números hacían de esta una cadena difícil de recordar y que imponía al leerse una especie de terror precipitado, como cuando se corre apresuradamente y se alcanza sin darse cuenta el vértice de un abismo. Así de súbito. ¡Qué extraño!, dije dentro de mí. No era solo la extrañeza, sino algo que me catapultaba más allá de la preocupación convencional. Una especie de punzada moral. Decidí, no sin pocas dudas, tomar con cautela el bolígrafo que tenía anudado el típico alambre pegado al montículo, ese que servía de apoyo y que era una tarima plástica en medio de la sucursal para ayudar a quien se apeara a escribir lo más rápido posible sobre estas minúsculas fichas con copia doble. Y sí, debía ser rápido, pues lo que menos desean las instituciones bancarias es que uno se quede mucho tiempo dentro y sea tomado como un delincuente tramando un robo.

Tomé el bolígrafo. ¿Y por qué bolígrafo y no pluma?, me dije. Tal vez fue por haber pensado en la palabra más rebuscada que existía en mi mente respecto a ese artefacto. Esto es una pluma, me dije, no un bolígrafo. Más allá de estas nimiedades, me recriminé por la torpeza de elegir aquel objeto que servía para registrar letras en tinta. La tinta perdura; si llegara a equivocarme, entonces el error me delataría ante el cajero. Eso debía ser mi verdadera preocupación, me dije. Con lujo de parsimonia y frialdad, el cajero me rechazaría, pensé. El documento, prueba fidedigna para considerarse oficial (un pedazo de papel de diez por cinco centímetros, apenas), podría ser entonces el elemento causal de una denuncia legal al ser considerado ¡falsificado! ¿Falsificado?, me pregunté a mí mismo. ¿Sería yo capaz de eso?, me pregunté, como si mi voz interior saltara como chispa. De eso y más, yo lo sé, me respondí de repente. La consciencia en mí a veces se desliza como una voz altanera que hace gala de acusaciones aleatorias.

Delito. El solo hecho de considerarlo me hizo perderme en devaneos que me llevaban a ciertas referencias como Raskolnikov de Dostoievski o Gregorio Samsa de Kafka. Un mundo compuesto de equívocos en contextos hilarantes personificando perfectamente la culpa. Eso es exagerado e inoportuno, me dije. Tal vez sí. No soy un hombre de grandes luces, la mayoría de la gente que me ha visto me considera torpe. Sí, mas no despistado, contesté de golpe. Reconocía ahí mismo, en este rincón desvencijado de la existencia que significa un banco, que aún no había dado todo lo que mis capacidades podían dar. ¡En ese momento sentía realmente que mi vida podía aún dar más! Y ¡qué importancia tenía eso ahora que enfrentaba la monstruosidad de aquella cifra enorme! Sentía unos deseos bárbaros de abandonar la sucursal. Lo único que pude hacer fue exhalar por un rato mirando hacia el techo.

—¿Qué pedo, cabrón? Te quedas congelado como estatua, ya escríbelo.

Mi compañero, más que un compañero, era un fiel confidente y me cuestionaba con cara de preocupación. Él reconocía mis gestos, sobre todo cuando yo enfrentaba situaciones de este tipo. Sus ojos disparatados lograban normalmente confundir a la gente. Algunos decían que su mirada era signo inequívoco de alguna adicción crónica o, peor aún, que se encontraba al borde de la psicosis. Lo cierto era que él tenía rachas consecutivas de días sin dormir, aunado a la falla en su presión arterial que, pese a su corta edad —aunque aparentaba más—, le cobraba malas pasadas. Sinceramente, creo que él estaba al borde de una locura, y lo digo sin poetizar estados de ánimo, ya que llegué a atestiguar en él períodos maniacodepresivos súbitos.

—¡Wey, ya vámonos!

Mi compañero me insistía de nuevo, ahora con la voz elevada. Yo, por mi parte, permanecía mudo. Un temblor en mi mano me impidió llevar a cabo la copia obligatoria de las cifras de aquel número de dieciocho dígitos en la plantilla de papel. Debía ser sin error alguno. No voy a poder, no voy a lograrlo, era lo único que atinaba a decir. Esta emoción accionó un imán y atrajo la atención de mi compañero, quien llevó a cabo un mecanismo de empatía interno y comenzó a sentirse igualmente mal. Se trataba de una ansiedad compartida, y que en él enmarcaba un temblor en el iris de sus ojos, definiendo una línea verde alrededor de su pupila que carcomía no más verla. En un arrebato, mi compañero jaló la ficha que se alojaba debajo de mi mano aún temblorosa y pudo comprobar que mi nerviosismo no era un simple cotorreo, pues la hoja se sentía maltrecha por la humedad de mi mano.

—¿Cuál es el pedo? —gruñó.

—Intento concentrarme y copiar la referencia, y tú me quitas la hoja. ¡Hay que ser bestia! —dije con cierto tono de autoridad.

En ese momento, una señora caminaba decidida hacia nosotros para ocupar la mitad del pseudo escritorio con cara compungida. Mi compañero se dio cuenta de las intenciones de nuestra nueva compañera e imitó su gesto con tal energía que la señora se apartó casi de inmediato, sin haber iniciado siquiera su firma sobre la maldita ficha.

—Apuesto lo que quieras a que estás haciendo un drama de nena —dijo mi compañero mientras me arrebataba el bolígrafo, pluma o lo que fuera.

Hizo un examen de conciencia antes de plantar el delgado punto de la pluma sobre el papel. Me miró y, tal fue la elocuencia de mis ojos, que volvió a preguntar:

—Es fácil, ¿o no?

A lo que mis ojos contestaron sin pestañear con un "no" tácito.

—¿Cuál es el pedo? No entiendo —volvió a preguntarme.

—Hay que suprimir el "uno", el primer número, ¿lo ves? —dije.

—Lo veo, ¿*eso*? —respondió ahora con un temblor en su mano—. Entonces, si el número es "uno-uno-tres-cinco..." —comenzó a leer—. ¿Ya ves?

—No es sencillo —interrumpí—. Si lo fuera, no tendrías que leerlo. No entiendes un carajo —dije desesperado—. Hay que eliminar el primer uno y con eso se complica el asunto, pues no debo "copiar" el número entero tal cual está. Se trata de una referencia, ese número que hay que poner y esta se da a partir del número entero, pero ¡no es el número entero en sí! —dije ya un poco fuera de mí.

—¿Me estás diciendo, entonces, que es otro número, ese "número"? —dijo mi compañero con los ojos entrecerrados, cosa que en él indicaba confusión.

—No es un número como el número entero, por eso dije "referencia" —dije intentando no desesperarme.

—Una referencia del número entero. —Mi compañero intentaba explicarse a sí mismo mientras miraba hacia el vacío.

—No, simplemente "referencia", ahí no tiene nada que ver el número entero, por eso es complicado copiarlo, ¿comprendes? —explicaba lo más honestamente posible.

—Es una "referencia". —dijimos ambos al unísono y un tanto desencantados.

—No, pues sí está cabrón —dijo mi amigo bajando notoriamente el tono de voz—, pero no debe ser difícil. Trae acá —dijo sin dar por perdida su arrogancia.

Miró de nuevo aquella diminuta papeleta de diez por cinco centímetros y, de nuevo, su temblor de mano se hizo presente, una gota de sudor apenas asomaba por el nacimiento superior de su cabeza.

—No, imposible, sí está cabrón —exhaló.

Decepcionado, mi amigo dejó caer el maldito bolígrafo-pluma atado al cable plateado que sobresalía por un costado del dichoso pseudo escritorio de plástico transparente.

Transcurrió un momento del cual no recuerdo si fue un instante de escasos segundos o un lapso de minutos completos, pero fue el tiempo suficiente para percatarme, al ver la fila de las ventanillas completamente vacía, que la señora incómoda había desaparecido de la sucursal.

—Wey, te espero afuera.

Mi compañero salió sin darme la oportunidad de pedirle que se quedara a mi lado. Tomé de nuevo la pluma, concentrándome a tal grado que incluso me dieron ganas de llorar. El "uno", me dije a mí mismo mientras llevaba la punta del artefacto hacia allá. Su descenso sobre el papel, figurando el palito incipiente de la cifra, me hizo suspirar y, justo al terminar de dibujarlo, me atreví a continuar con los números restantes sin siquiera detenerme a pensar. Terror absoluto en cada trazo, pero finalicé. Recabé en mi memoria las emociones tétricas que fueron bien vislumbradas por el cajero al ver la papeleta semi húmeda con el trazo de los números, los cuales evidenciaban a su vez mi temblor pasado: había inventado un nuevo estilo de letra que podía denominarse "al temblor", con grafías propias de un electrocardiograma. Al escuchar las primeras pasadas de la impresora del cajero sobre la ficha, pude respirar (¿hacía cuánto que contenía la respiración?). El pago había sido aceptado. Miré hacia afuera por los ventanales de la fachada de la sucursal y, más que sorpresa, fue un alivio ver a mi compañero realizar el mismo gesto de alivio. Supuse que era el mismo, pues sus ojos imprimían en la mirada la sugerencia de alianza que terminaba con un ligero asentimiento de cabeza. Él era mi amigo, no había duda.

De regreso a casa, saludé con un grito, pero no obtuve respuesta, como siempre. Saqué de inmediato el comprobante: premio al esfuerzo de una hora que pareció una vida entera dentro del banco. Desdoblé la minúscula cuadrícula y la dispuse debajo del florero de la mesa del comedor, e intenté hacer memoria de no haber cometido un error. No, imposible, no te hubieran aceptado el pago, me dije, dándome aliento. Miré una vez más el pequeño papel rectangular y alisé varias veces su superficie para que se viera lo menos arrugado posible. En ese momento, me gritó la voz estentórea desde el cuarto del fondo. Me sobresalté un poco. Comenzaba a sudar, no entendiendo a cabalidad por qué. Respiré un poco y decidí hacer algo, aunque no sabía específicamente qué. ¡Huir!, pensé después de un momento. Pestañeé y en un intento de conciencia vislumbré las luces encendidas alrededor... ¡Era de noche! ¿Tanto tiempo? ¿Tanto esperé por hacer algo y simplemente me quedé ahí, de pie, sin percatarme de nada, dejando que la noche me sorprendiera mientras yo esperaba? Miré hacia el florero del centro de mesa y me sorprendí al ver que el comprobante había desaparecido. Al lado, había una hoja en tamaño generosamente grande en la que se leía en letras de igual dimensión: ¡despierta!

Me fui a mi habitación con intenciones de dormir. No tenía ganas de dar un interés exagerado al episodio reciente. Intentaba una meditación sobre la cama cuyo mantra me había causado un poco de conmoción debido a la resonancia de sus palabras. Eran dos sílabas únicamente. Dos sílabas potentes para alentar todos mis resonadores, pasando desde la mandíbula hasta la coronilla. Un verdadero viaje. Empecé de nuevo el canto, ahora modulando la voz e integrando al máximo mi conciencia. Con los ojos cerrados, intenté concentrarme. Podía ver entre sueños una luz, la cual, desde lo profundo de sí misma, generaba una visión en donde destacaban pequeños filamentos que caían de dos en dos o, en ocasiones, de tres en tres. Se irradiaba, a su vez, una luz blanquecina que aumentaba su potencia en oscilaciones rítmicas. Dicho efecto me hizo elevar el tono del canto. Creía, sin temor a equivocarme, que comenzaba a llegar a un lugar desconocido, a uno más elevado de esta tierra. Justo cuando creía levitar, un sonido fuera de mí, que era aquella voz desde la habitación de fondo y que ahora sonaba aguda y con potencia inusitada, llegó. Más que un grito era un gruñido: ¡Ya cállate!

Abrí los ojos de inmediato. El desencanto me hizo a su vez sentir que había exagerado en mi trance. Me acomodé en mi minúsculo nicho que significaba el futón de color marrón raído en sus esquinas y que por años me alojó por las noches. Este montículo conformó dentro de sí un centro a manera de región acolchonada, una especie de depresión como si fuera más un molde que una cama.

Cerré de nuevo mis ojos, concentrando mis energías en algo fuera de mí, fuera de las cuatro paredes, fuera del mundo mismo. Sí, el cielo será el límite, pensé. Respiré incontables veces, mi mente deambuló en más pensamientos inconexos y finalicé en un lugar que, en vez de tranquilidad, revolvió mi conciencia con voces internas parecidas a extraños ruidos que asemejaban rezos en rituales milenarios, alaridos que, elevados en sus tonos, llegaron a una cúspide de intensidad para decantarse finalmente en silencio absoluto.

"¡Despierta!", una voz serena se hizo presente. Abrí los ojos y constaté que no estaba solo. El terror instantáneo me hizo tirar de mis cobijas, como si la acción misma me librara de lo que miraba. Mi cuerpo entero temblaba.

—¿Quién eres tú? —pregunté ocultando mi boca debajo del pliegue de la sábana.

—¡Es la pregunta más... recurrente! —dijo esa figura enfundada en un traje elegantísimo al estilo frac. Tenía puesto sobre la cabeza un sombrero de mago—. Yo soy... el "uno". Venga, déjate de payasadas y veme.

La voz del hombre sonaba convincente, como paternal: profunda y sin amaneramientos de un doblaje barato de televisión. Me tallé los ojos incontablemente hasta que el dichoso "uno" se desesperó al ver mi pasividad y me tomó del brazo. ¡Era real!

—Ahora, ¿vas a escucharme, por fin? —dijo tranquilo, pero determinante.

—¿Qué quieres? —dije en un chillido.

Desde la habitación de fondo se logró escuchar un gruñido. El "uno" se levantó de inmediato y señaló hacia dicha habitación.

—Nos está escuchando. ¿No entiendes que ha llegado el momento? Ha llegado —dijo un tanto harto.

Otro elemento destacado de su atuendo eran sus zapatos, los cuales separaban sus puntas hacia un lado, dándole a su figura erguida una especie de simetría propia de una escuadra. Los sonidos, ahora guturales y agonizantes desde aquel cuarto del fondo, subían su intensidad.

—¿Es posible esto? —dije, descubriendo al fin mi cuerpo debajo de las sábanas.

—Es el momento —dijo, mirándome directamente.

Y, justo en ese momento, me percaté que el "uno" carecía de rostro, o más bien, era un rostro sin ojos o facciones definidas. Era una máscara que amalgamaba en ella una masa blanca e informe, y que le otorgaba más horror.

—Uno, ¿estás seguro de que eres el "uno"? —Yo continuaba temblando a medida que me ponía de pie.

—¿Y no es esto lo que tanto pedías? ¿Ahí? —dijo, apuntando con mi cara hacia mi futón que ahora lucía sin colchón—. Tú mismo eres la razón de mi presencia. Lo presentiste ahí, en el banco. Temblabas igual que ahora, justo antes de poder escribirme. Nadie más que tú. Las razones por las que uno define qué hacer son innecesarias, pero están ahí y lo que viene después es impredecible, según ustedes. Te digo, todo eso es irrelevante, tú ya me esperabas, aunque aún no lo puedas explicar. ¿Vienes o no?

El "uno" extendía una mano hacia mí mientras la otra deslizaba la ventana sobre el riel de su marco, abriéndola de extremo a extremo. Dicen que uno salta al vacío porque el momento llega a uno, pero esta ocasión, justo antes de alcanzar la mano del "uno", una fuerza que provino de un lugar profundo en mí me sujetó, impidiéndome asirme en última instancia a la mano del "uno". Un ligero sonido de brisa llegó a mi cara a manera de despedida.

Abrí de nuevo los ojos, pero esta vez la imagen que de ellos percibía se notaba manchada, sin nitidez ni claridad. Tallé mis ojos incontables veces sin resultado favorable. Lograba percibir un olor añejo, casi podrido alrededor. Al ver mi cuerpo que ahora estaba sentado en una especie de montículo desvencijado con una tela raída debajo, que seguramente había alojado en un pasado un colchón, sentí una especie de temblor incesante, ahora involuntario. Mis manos lucían secas y con arrugas profundas. También temblaban. Me di cuenta de que mi ropa caía dejando ver una delgadez exagerada, me había convertido en un saco de huesos recubiertos de piel y con pliegues por doquier. Del cuarto del fondo, se miraba su puerta abierta de par en par y un vacío dentro como si la hubieran saqueado por completo. Por más intentos que hacía por levantarme, mi cuerpo no gozaba ni de la fuerza ni de la energía necesarias para para lograrlo. Tan solo atinaba a recordar una palabra que salía como una exhalación agonizante de entre mis labios: ¡despierta! ¡Despierta!

Fumigación, por Matías Lara de Nicola (Chile)

—Al fin se van estos fumigadores —comentó el copiloto, moviendo sin cesar sus delgadas piernas.

—Así es, mi rey —frunció el ceño tras el volante de un automóvil gris estacionado—. Esta empresa nueva se demoró más que las otras.

—¡Con razón! Si esta casa de Santa Cruz es toda una enorme mansión. Las familias de aquí son las que tienen más plata en Aurora.

—A estos fumigadores no los había visto ni en pelea de perros. Demás que son novatos aprendiendo su trabajo —concluyó el de menor estatura, apagando su cigarrillo.

—Pero bueno —rascaba su nariz aguileña—, hemos estudiado casi una semana a esta gente ricachona, aprendiendo sus movimientos.

—Y pa' suerte nuestra, deciden fumigar la casa dejándola sola hasta mañana, yéndose a su casita en la playa —parafraseó burlesco con sus grandes ojos saltones—. Pa' que no les vaya a pasar nada malo, con los líquidos pa' matar bichos.

—Si supieran que… —tartamudeó de la ansiedad—, nos especializamos en casas recién fumigadas, usando pa´ nosotros ese tiempo en que quedan solas —riendo, palmoteó la ancha espalda de su compinche.

—Ya, mi rey —devolvió el palmetazo, pero aún con más fuerza, para luego ajustar su pasamontaña—. ¡A lo que nos convoca!

Así fue como, resguardados por la luna, ambos ladrones escabulléndose por las más prestigiosas calles de Aurora, dieron rienda suelta a sus artimañas, ante la deshabitada vivienda. Estos rufianes sabían muy bien lo que hacían, mostrándose más que diestros con sus habilidosas capacidades. Obviamente, no era la primera vez que se veían en una situación por el estilo, y esta parecía ser su noche de suerte. Mientras el más robusto daba trozos de carne rellenos con sedantes a unos irascibles e imponentes rottweilers, quienes parecían estar familiarizados con los invasores, el más atlético de los ladrones, imitando a un primate, trepaba los postes que albergaban las cámaras de seguridad, manchándolas con pintura negra para estropear su visión.

Una vez fuera de peligro dentro de la bien cuidada propiedad, envuelta de tupida vegetación y amplias estructuras techadas, a prisa se aproximaron a las ventanas de la gran morada para forzarlas. En cuestión de segundos, con ganzúas y otras curiosas herramientas adaptadas por ellos mismos, para actividades de lo ajeno, lograron abrirlas, dando acceso al amplio salón principal de la mansión. Sumidos en la oscuridad y con sus pertinentes máscaras de gas puestas, luciendo muy profesionales con su labor, encendieron las lámparas sujetas en sus cabezas tal cual mineros para buscar el suministro eléctrico. Orientándose con planos de las casas de las villas de Santa Cruz, ubicaron sin demora la fuente de energía principal, apagándola.

—Hermanito, ¿sientes ese olor de mierda? —espantó el silencio agitando sus finas manos—. Es como si usaran químicos de mierda más potentes.

—No lo siento, mi rey. Capaz que estos se están ahorrando la plata con productos más baratos pa' cagarse a la gente —sonrió bajándose un poco el cierre de la casaca, como si le molestara un montón—. Al parecer no somos los únicos que se cagan a los ricachones.

—Ja, ja, ja —deteniendo las escandalosas carcajadas, prosiguió—: Según estos planos, estas casas de tres pisos tienen un ático en lo último, arriba, y una cuestión como búnker subterráneo.

—Entonces nos dividiremos pa' aprovechar el tiempo —señaló en dichas direcciones con su chato dedo índice—. Yo voy al búnker y tú al ático.

***

—¿Pa' dónde vai′? —interrumpió sumamente molesto—. Por allá no es.

—Vo' sabi' que no me gusta trabajar con la guata vacía —ingresó a la cocina, precisamente al refrigerador.

—¡Eso es lo que tení', guatón! —Quedó en silencio mirando a todos lados—. ¿Escuchaste eso?

—¿Qué? —Fastidiado, se pronunció con la boca llena de unos manjares que en su vida había visto, ni imaginado comer.

—¿Habrán sido los perros?

—Imposible. Les eché una dosis pa' elefante —pensó vagamente, sin molestarse demasiado—. El viento capaz. Ya, movámonos, no seas niñita y sube de una vez.

Con desconfianza, el más delgado observó a su compañero alumbrando sus pasos saliendo de la cocina, desde donde se le perdió de vista. A través de un largo pasillo, que aguardaba pintorescos cuadros de espectaculares vacaciones o de gente denotando alta alcurnia, y tras guardar llamativos adornos de oro en sus bolsillos, accedió al segundo piso utilizando unas escaleras en forma de caracol. Llegando a las piezas, sin apuro irrumpió en la matrimonial, hallando nuevamente ese fétido olor que se marchó como una estela por la puerta. Sin prestar mayor importancia, trajinó como si no hubiera un mañana en el entorno, dando vuelta cajones repletos de ropa de seda, o trajes de tela, de seguro carísimos. Muebles y veladores destartalados, e incluso la cama patas arriba, fueron parte de los destrozos para encontrar una que otra joya de valor. No obstante, justo cuando se abría paso por el desorden, la puerta del dormitorio lo sorprendió de sobremanera al cerrarse abruptamente con un golpe seco. Disimulando la desesperación, se arrimó al pórtico que no cedió por más que lo intentase, y siendo imposible ocultar más su temor, gritó a su amigo que acabara con la vil jugarreta. No obteniendo respuestas más que una fragancia insoportable, no le quedó más que tomar distancia para arremeter a toda carrera contra la puerta, la cual, curiosamente, antes del impacto, pareció abrirse por sí sola sin el mínimo contacto. En el suelo y alumbrando a todos lados, no encontró a nadie, solo un peculiar zumbido estremeciendo su frío cuerpo que se espantó de pronto, saltando fuera de sí.

Abofeteando su huesuda cara varias veces, se incorporó para proseguir su labor en dirección al fondo del pasillo, desde donde, tirando de un cordel en el techo, se revelaron unas escaleras. Sumergido en la oscuridad más profunda, se encontró ante un ático repleto de cajas y cerros de cachivaches polvorientos. No obstante, en el polvo estuvo la clave, y su ojo experimentado en lo ajeno le advirtió un rastro sutil libre de este que llamó su atención. Así fue como bajo varios harapos puestos encima unos de otros, descubrió una caja fuerte que tomó sonriente. Sin embargo, su felicidad no duraría mucho, ya que una pestilencia se haría presente y esta vez acompañada de unos ronroneos chirriantes que saltaban por sobre su cabeza. Sus brazos parecieron sujetos por unas vellosidades similares a velcro con la ropa, y con su precaria luz tan sólo divisó varas alargadas, como protuberancias saliendo de una masa con capas rojizas, agitándose de manera maníaca a su alrededor. El espanto lo hizo salir a velocidades endemoniadas hasta la escalera del ático, desde donde se topó con un fluido que lo resbaló escandalosamente hasta el piso de abajo. Sin mirar atrás, corrió al igual que un loco por el pasillo llegando a la escalera de caracol, la cual alojaba aparte de más líquido carmesí, un pequeño bulto que pateó, comprobando asqueado y con horror lo que parecía un miembro cercenado.

Los zumbidos se hicieron presentes cada vez más amenazantes a su espalda, obligándolo a saltar los escalones empapados en charcos, en una acción torpe que lo bajó rodando más deprisa de lo previsto. Poniéndose de pie con dificultad, se encontró con alegría con su regordete amigo quien, parado en total rectitud, lo miraba con expresión vacía y jadeante. Zamarreó a su compinche para advertir de la amenaza. Nada más este tambaleó su cuerpo desmembrado, para en el acto abrir su boca expulsando un chorro de sangre que lo empapó por completo. A continuación, de la misma cavidad, contorsionándose inexplicablemente, los dientes y lengua salieron expulsados para dar paso a unas largas varas familiares que terminaron separando la cabeza en dos trozos nauseabundos. Un grito de terror genuino atrajo al resto de ronroneos que revoloteaban por doquier, acabando sanguinariamente con todo intruso dentro de la millonaria mansión.

Al día siguiente, muy temprano por la mañana, se estacionó fuera de la casa un camión de fumigación. De él bajaron dos empleados vestidos con gabardinas, uno llevaba algunas jaulas. Dentro de la morada encontraron una masacre de proporciones, y tras dejar las cajas en el piso con sus puertas abiertas, uno de los individuos sopló una especie de silbato que emitió un sonido muy agudo, casi imperceptible para el ser humano.

—¿Qué rayos son esas cosas? —No pudo evitar dar unos pasos hacia atrás, quien comenzaba su primer día de fumigación, al ver unos extraños insectoides entrando en las jaulas—. Nunca imaginé que tuvieran esa apariencia.

—Son realmente asquerosas. —Se sinceró el compañero, quien parecía acostumbrado a ver cosas de lo más extrañas—. Son las últimas incorporaciones de la empresa. Han dado muy buenos resultados con las fumigaciones. Devoran toda plaga indeseada. Sobre todo los ladrones. Los ricos dan mucho énfasis en ellos.

—¿Qué son?

—Pulgas estelares, o algo así escuché, pero como sabrás, en la empresa nunca se dan muchos detalles. Todo es demasiado discreto —hizo una pausa, respirando profundamente—. Bueno, ya no perdamos el tiempo, que se nos viene la peor parte… limpiar todo este desastre.

La ventana, por Cristiano Martínez (Uruguay)

La oscura y macabra noche apenas permitía divisar los altos árboles del jardín trasero que se extendía por el alejado bosque. La única luz, tenebrosamente amarillenta, provenía de la inmensa ventana de una antigua mansión cubierta de nieve, humedad y putrefacción. Parecía un edificio abandonado y en ruinas, sepultado en los confines de la aterradora espesura. Una demacrada Caperucita ya sin color, olvidada en los dominios sangrientos de un indescriptible licántropo.

—¿Alcanzas a ver algo, Artur? —preguntó la anciana acercando su rostro a la fría ventana.

—Nada, María...

Dos figuras débiles y encorvadas observaban desde los empañados cristales, interfiriendo, por momentos, con la tenue y escalofriante luz. Vieron de pronto una inmensa sombra pasar rápidamente y perderse en la noche. La anciana se recostó en el pecho de su débil marido y ambos sonrieron felices, cerrando los ojos. Viajaron por un momento al día en que nació su única hija, Camelia. Escucharon la puerta del jardín abrirse con violencia y llegó a sus oídos una voz grave y gutural, bestial, pero al mismo tiempo suplicante.

—¡Mi espejo! ¿Dónde está mi espejo?

Los ancianos no se movieron y continuaron junto a la ventana, abrazados dulcemente, con los ojos cerrados.

—Es el amor incondicional el que lleva al sacrificio... —dijo la anciana casi susurrando y sin abrir los ojos—. Todos nacemos ya clavados a nuestra propia cruz, con las medidas de nuestro propio ataúd.

Apagó la pequeña lámpara que estaba sobre la mesa central de la cocina, a unos metros de la ventana, y cuando se disponían a subir al salva escaleras que los llevaría a su habitación, escucharon tocar la puerta principal. Tres golpes fuertes y secos. Los ancianos se miraron confundidos y encendieron nuevamente la lámpara. Escucharon cómo se activaba el mecanismo eléctrico a un lado de la vieja escalera de madera: un susurro metálico que anunciaba que su hija Camelia, en silla de ruedas, estaba descendiendo.

"Tal vez había escuchado los fuertes golpes en la entrada".

El anciano se apresuró a detener la silla de ruedas, mientras la anciana se dirigía encorvada y con dificultad hacia la puerta principal. Al abrirla, vio a un aterrado joven cubierto de llanto y barro. El desconocido intentó ingresar desesperado en la casa y sin mediar palabra, pero se encontró con el cerrojo de cadena y la segura resistencia de la encorvada mujer al otro lado de la puerta. Todas las maderas crujieron con el breve forcejeo y su sonido se extendió por toda la mansión como un escalofriante y perturbador susurro.

—Por favor, señora, déjeme pasar, por favor.

—¡Imposible! —interrumpió la anciana y, cuando se disponía a cerrar la puerta, escuchó la voz de su hija.

Camelia dirigió la silla de ruedas hasta la entrada y el joven le explicó que necesitaba con urgencia quedarse por una noche, que se iría al amanecer sin causar ningún otro inconveniente. La joven lo dejó pasar y le ofreció un largo y polvoriento sillón de cuero que le serviría como cama por esa única noche. Lo condujo, luego, hasta la inmensa cocina, mientras sus ancianos padres subían por el salva escaleras sin mediar palabra alguna con el visitante.

La tenue lámpara sobre la mesa se reflejaba en los oscuros cristales de la ventana que daba al jardín, y trazaba unas espeluznantes sombras que parecían deformar y ensanchar el pálido rostro de la mujer. Miraba fijamente al joven, esperando, inmóvil, como una sangrienta criatura en una oscura jungla, con los ojos cada vez más intensos, más brillantes, más perturbadores.

—Mi vehículo se averió en la ruta —comenzó a explicar el invitado, suponiendo que esa era la intención de tan inquisitiva mirada—. Lo reparaba como podía, hasta que vi que unos arbustos se agitaban. Pensé que sería un animal, pero lo que vi no era ningún animal, nada que haya visto antes. Era algo horrible, no sé describirlo. Arrastraba a una persona sujetándola por una pierna. Me persiguió y creo que la perdí. Vi esta casa y pedí ayuda. Pido disculpas. Estaba desesperado.

—Qué horror... —dijo finalmente Camelia luego de un perturbador silencio, pero más que una afirmación parecía un susurro gutural que ahogaba, en sus confines melódicos, el tenue acorde femenino. Por momentos, la misteriosa joven despedía un insoportable hedor a humedad, mezclado con algunas trazas de descomposición que emergieron en el preciso instante que pronunció esas dos palabras. Llevaba un antiguo vestido marrón con hombreras, que casi no cabía en la silla de ruedas.

—¿Se ha enterado de las desapariciones? Algunos cuentan que han visto una criatura parecida a la que yo le describo —dijo el joven con un tono temeroso, buscando, más que nada, romper el aterrador silencio que parecía tener vida en aquella oscura mansión.

—No sé nada de eso. Por mi situación, mis ancianos padres no me permiten salir con frecuencia. No recibo mucha información del exterior.

El joven se llevó, disimuladamente, el dedo índice a los orificios nasales mientras la mujer hablaba. Cada palabra parecía contener, ocultas, unas aterradoras y oscuras intenciones, mezcladas con la más pura inocencia de una adolescente encerrada en su sombría existencia.

—Sí, comprendo —dijo finalmente, expulsando el último gramo de aire limpio que quedaba en sus pulmones y forzando su reseca garganta—. Ya son quince los desapa...

Su voz se quebró en una enérgica tos. La había controlado en más de una oportunidad durante la singular conversación, pero finalmente no lo consiguió. El hedor cada vez más intenso a descomposición casi no dejaba espacio para respirar.

—Disculpe, ¿está usted bien? —preguntó Camelia—. Le traeré un vaso con agua.

La mujer dirigió la silla hacia un lugar de la cocina y se perdió en las sombras de la casa.

—Gracias, eres muy amable. Cuando la luna se cubrió, me creí perdido, ¿sabe? En la más profunda oscuridad…

La potente luz de la luna comenzó a ingresar por la ventana justo en el momento en que el joven terminaba de hablar. Unos aterradores gruñidos, acompañados por unos crujidos de articulaciones, atravesaron el oscuro silencio de la habitación, y una mohosa y antigua silla de ruedas impactó sola contra el borde de la mesa. El joven se puso de pie sobresaltado, mientras la luz de la luna descubría lentamente el espeluznante origen de los sonidos: la mujer estaba completamente desnuda, y su antiguo vestido esparcido en girones a su alrededor; su piel se cubría de un oscuro pelaje, al mismo tiempo que su cuerpo se agrandaba y ensanchaba. El largo cabello rojizo se desprendía del negro cráneo, dando paso a unos cuernos arqueados del mismo color. Su rostro se deformaba y de sus finos labios crecían unos afilados y amarillentos colmillos. El aterrado huésped retrocedió unos pasos antes de sentir un fuerte golpe en su cabeza. Vio un delantal floreado, el brillo de un bastón que regresaba a su posición normal, la alfombra de piel de oso pardo, las inmensas patas negras de una criatura humanoide y bestial, una mezcla entre lobo y macho cabrío, descubierta tan solo por la luz de la luna. Intentó levantarse. Otro golpe… oscuridad.

Los ancianos, tras la ventana, observaban complacidos cómo su hija sepultaba vivas a sus víctimas en el jardín, para luego desenterrarlas y comérselas en estado de descomposición, pedazo a pedazo, así como lo haría un cuervo o un buitre. Desesperada y cubierta de putrefacción, recuperó lentamente su conciencia humana y pidió el espejo gris que siempre estaba colgado de la pared.

—Todos nacemos ya clavados a nuestra propia cruz, con las medidas de nuestro propio ataúd.

La anciana acomodó la cabeza sobre el pecho de su marido y cerró los ojos. En la inmensidad de la noche se escuchaba el crujir de los huesos de los cadáveres, el desgarro de la carne putrefacta y los gruñidos feroces de la criatura siniestra que era su hija, y al final...

—¡Mi espejo! ¿Dónde está mi espejo?

Barbijo blanco sin fin, por Edgardo Aníbal García (Argentina)

Me da risa todo esto. Buenos Aires no deja de sorprenderme. A veces me siento un tonto usando el ridículo barbijo blanco o tapaboca, como algunos lo llaman. La gente camina en solitario y alejada unas de otras. Todos se miran con desconfianza, haciéndote sentir un delincuente o casi un asesino serial, como si fueras un portador de la muerte. Nunca había pasado una pandemia; es más, ni mis padres ni mis abuelos me hablaron de ella. Algún que otro cuadro vi de la epidemia de fiebre amarilla. Recuerdo haber visto una obra de un tal Blanes: gente tirada y llorando, un bebé en el suelo; sin dudas, todas exageraciones del autor de otra época.

En la cola de la panadería, una mujer me gritó porque me acerqué demasiado. ¡Vieja loca! Mis amigos son los únicos que entienden esta ridiculez. Los chistes y memes me hacen reír. ¡Qué ingenio tienen! En fin, antes veía caras, ahora ojos inquietos por doquier, como buscando algo.

El mundo se redujo a miradas. Algunas interesantes, otras extrañas, hasta inquietantes. No me había percatado de ello. Como si hablaran en silencio. Jamás había apreciado a las personas a través de sus ojos. Nunca pude identificar el sufrimiento a través de sus miradas, o el rencor y hasta la vejez. Parecen otras personas.

Me llamó la atención la mirada de soledad y dolor seco de mi madre; ahora comprendo un poco más su padecimiento. Ya está grande. Es como que le arrancaron algo de su alma y busca por doquier encontrarlo. Espero no ser el causante.

Tantas miradas de ojos alegres y tristes circulando por la calle, hasta me resultan, por momentos, divertidas.

¡Pensar que nunca me di cuenta, por Dios!

¡Tampoco imaginé que estar muerto fuera así! Pero ahora ya es tarde. Tengo que seguir deambulando en la nada, mirando sin sentir, tocando sin acariciar, escuchando sin gozar, viendo solo el alma de las personas a través de sus miradas perdidas.

Pero ¿qué pasa? El cierre de la bolsa negra de plástico casi lastima mi rostro frío e insensible. Ya todo está oscuro. ¿Estoy en una bolsa? ¡No puedo escapar! Quiero arañar la bolsa y gritar, pero todo es en vano. Ya no estoy, ni soy un mortal.

¡Esperen, aún soy muy joven, tengo una vida por delante!

¿Será esto una pesadilla, pero no logro despertar?

Me mueven y me tiran a una pila de bolsas negras. Todo es en vano y no logro despertar.

Solo espero que esto se acabe, pero ya estoy muerto. ¿Qué sigue? Tal vez algún crematorio cercano dará cuenta de mí.

¡Sí, por favor! Esta opresión, sin sentido, me agobia.

¿Qué sigue? Acaso... ¿será esto la eternidad?

La carreta, por Carla Alvarado (México)

Ha pasado tanto tiempo que a duras penas me acuerdo de lo que pasó, pero en mis sueños siempre, siempre aparece esa vieja carreta y, con ella, su dueña.

Hace muchos años, un hacendado de la zona tenía una hija muy hermosa, un gran partido para cualquier hombre acaudalado, pero la chica rechazaba a cualquier pretendiente, pues estaba enamorada de un peón. Un día, el padre los descubrió y, como castigo para ella, le ordenó casarse lo más pronto posible.

Tras azotar al peón, el hacendado pensó que no sería suficiente castigo, por lo que ordenó al pobre hombre conducir la carreta donde su amada sería entregada a su nuevo esposo. Pero en un intento desesperado de salvar a su amada de un destino horrible, azuzó a los caballos, escapando a toda velocidad, pero perdió el control y el velo de la novia se enredó entre las ruedas del carruaje, decapitando a la mujer. Cuando el peón pudo detener a los caballos, se encontró a su amada sin vida y sin cabeza debajo de la carreta. Destrozado, tomó el cuerpo sin cabeza de su amada y después se pegó un tiro en la cabeza. Desde entonces, la hacienda quedó encantada.

Hasta hoy en día puede verse en los jardines del deportivo Ojo de Agua una carreta vieja, muchos dicen que es la que usó el peón para tratar de escapar con su amada. También dicen que, si llegaras a ir por las noches, podrás ver una mujer vestida de novia que te llama para que la acompañes de vuelta al más allá.

Esa es la historia que contaban a los visitantes del deportivo.

No tendría más de siete años cuando la escuela nos llevó a excursión. Me impresionó mucho ver la vieja carreta en medio del jardín. No me ayudó escuchar la historia y las historias de mis compañeros.

—Dicen que, si tocas la carreta, la mujer sin cabeza te va a perseguir a donde vayas —dijo Chuy.

Yo permanecía detrás del grupo, no dejaba de mirar el área de la alberca, donde un niño me veía como escondido. Su voz me hizo voltear. Cuando regresé la mirada, el niño ya no estaba.

—¿A que no se atreven a tocarla? —volví a escuchar la voz de Chuy.

Ya todos habían dicho safo, menos yo.

—Ni modo, le toca a la rarita —se burló Raúl, otro de mis compañeros.

Eran como cinco niños en el grupo de amigos de Chuy y todos me rodearon, mientras comenzaban a hablar sobre la monja y el niño de la alberca.

—¡No la voy a tocar! —dije negando con la cabeza y poniéndome rígida como tabla.

Pero al ser cuatro contra una, no pude hacer gran cosa. Dos me tenían agarrada de los brazos, los otros dos me empujaban por detrás.

—¿A poco te da miedo? —dijo Chuy con voz burlona.

—No —contesté con voz tenebrosa, con el orgullo herido.

Me solté de mis captores y miré la carreta por un momento. Acerqué mi mano a la madera vieja y vi una araña enorme anidando entre los pliegues. Cuando la toqué sentí un escalofrío, pero nada pasó, y por un instante me sentí tonta. Había mucho silencio, para cuando volteé, ya no estaba nadie, ni Chuy ni los odiosos de sus amigos, pero pude ver otra vez al niño de la alberca, llevando su dedo índice a los labios. Alguien me tocó el hombro, haciendo que ahogara un grito, era mi maestra.

—Todos tus compañeros ya se fueron a la capilla —dijo—. ¿Quieres seguir el recorrido? —preguntó al verme tan pálida.

Negué con la cabeza.

—Bueno, entonces ven. Vas a hacer unos ejercicios de matemáticas y vas a adelantar las tareas de mañana.

Por un momento me arrepentí, pero preferí hacerlo a tener que verle la cara a Chuy, aunque fuera solo unas horas. Me tomó de la mano para encaminarme de vuelta al camión.

—¿Pasó algo? —preguntó al encontrarme tan callada.

Negué con la cabeza. ¿Cómo explicarle a la maestra que me obligaron a tocar una carreta maldita, sin que sonara completamente ridículo?

—Me duele la pansa —dije.

La maestra encogió los hombros y continuamos nuestro camino en silencio.

—Nos vamos en un par de horas, quédate aquí en lo que acabamos el recorrido. Si te sientes mejor puedes ir a jugar, pero avísame, no quiero que te vayas a no sé dónde sin que yo me entere, ¿de acuerdo?

Asentí y subí al camión.

Me quedé profundamente dormida hasta que un ruido en la parte de afuera del camión me hizo salir. A lo lejos se podía ver la carreta y, junto a ella, una silueta. Eran como las doce o una de la tarde, y aunque no la veía a detalle, pude ver que se trataba de una mujer. Estaba completamente vestida de blanco y en sus manos cargaba una especie de velo. No podía verle la cara. Me hacía señales con la mano para que me acercara.

Un mal presentimiento me recorrió la espina, pero mi curiosidad pudo más, así que me acerqué, pero conforme me acercaba, esa inquietud crecía a cada paso. Cuando estaba a escasos pasos de ella, caí en cuenta de que sí, era una mujer de blanco con un velo en las manos, haciendo una especie de bolsa en donde cargaba algo redondo que manchaba su ropa de rojo. Caí en cuenta, entonces, ¡no tenía cabeza!, o por lo menos no detenida en su cuello, la cargaba en aquel velo que ya no era blanco, sino café, entre el lodo y la sangre seca.

Estiró la mano, queriendo agarrarme de la ropa. Como un gato arisco, di un brinco para atrás, me alejé como pude y de puro milagro llegué al área de las albercas. Decían que ahí un niño más o menos de mi edad se había ahogado. En ese momento estaba vacía, pero en el centro el niño que veía de lejos en la mañana me hacía señales para que me escondiera en las escaleras de un tobogán. Ahí permanecimos los dos agazapados. La mujer pasó por ahí, la escuché llorar, era un llanto lleno de tristeza, pero el niño me decía "no" con la cabeza. Nunca supe si era para que no saliera o que no gritara. Finalmente, cuando todo estuvo en silencio, volteé a decirle al niño que ya no había nada, pero había desaparecido. Salí de la alberca corriendo y unas manos me alcanzaron. Yo chillaba y me retorcía.

—¿Qué haces aquí, niña? —dijo el celador—. Tu camión ya se va. ¿O quieres pasar la noche aquí?

Negué con la cabeza frenéticamente, pero no podía hablar, estaba temblando. No sabía si hablarle de la mujer de blanco o no, así que mejor no hablé, aunque algo en su cara sabía que la había visto, pero no me dijo nada.

Como era de esperarse, la maestra me regañó por haberme ido del camión sin avisarle. Yo recibí el castigo de buena gana, pues al menos la mujer de blanco ya no estaba ahí. Cuando nos subimos al camión y este comenzó a alejarse, volteé un instante para volver a ver la vieja carreta y, junto a ella, la figura de la mujer de blanco se movía como si pudiera mirarme y alzó la mano como pidiéndome que regresara a su hacienda.

Amor de madre, por Mr.Eskiafo (Chile)

Otro día más en el infierno llamado casa, Abraham contaba los segundos para recuperarse por completo. Yacía una semana en recuperación después de aquel terrible accidente. ¿Oh, diosito santo, un accidente? Hasta donde se sabe. Claro que sí, un "accidente".

Sus piernas no funcionarían más, decían los médicos sin esforzarse por buscar mayor explicación. Las esquirlas hicieron un excelente trabajo dejando algunas marcas aún abiertas en distintas partes del cuerpo, sus brazos casi imposibles de ser movidos con parches, y el ojo derecho se le tornó color óxido, producto de un trozo de metal que lentamente lo carcomía con eternas dosis de dolor.

Ingresó a la habitación su madre, una mujer de unos ochenta y cinco años, que le demostraba preocupación. ¿Preocupación? La vieja está aquí solo para que no la devuelva al asilo.

—Hijo, ¿tiene hambrecita? —dijo la mujer con su voz cansada, mientras portaba una bandeja con té hirviendo y un pan con hongos visibles a la distancia.

—¡No! ¡Y toca la puerta antes de entrar! Podría estar masturbándome y tú interrumpes —le respondió el tipo.

—No tienes que ser tan indecente, cabro de mierda. Estoy intentando demostrar cariño y me respondes así —la mujer, de malas ganas, le dejó la bandeja sobre las piernas atrofiadas para dar pequeños pasitos hacia la puerta.

—¿Darme cariño? ¡Tú sabes que esta mierda me pasó por tu culpa! —respondió enojado.

Ofuscada, se retiró del cuarto. El tipo intentó mover la bandeja, pero una de las patas del objeto estaba suelta, haciendo que se desestabilizara y derramando todo el té caliente sobre el regazo de Abraham.

Un grito de dolor lanzó el hombre, sintiendo que la piel de su abdomen se quemaba por el líquido.

—¡Lo hiciste a propósito, maldita! —exclamó.

La anciana volvió a ingresar, y con una leve sonrisa en sus labios le dijo:

—¡Cómo se te ocurre que voy a hacer algo así!

Abraham, enojado, lanzó la bandeja al suelo, quebrando la taza en partes.

—Yo no te voy a perdonar nunca lo que me has hecho, eres la peor madre que alguien puede tener.

—No es mi culpa que no sepas mantener a tu esposa contigo —le decía la mujer mientras, con ridículos pasitos coquetos, se burlaba jactándose de que aún podía caminar.

Abraham le gritó:

—¿Recuerdas que estuviste una semana enferma del estómago? Así es… puse un poco de caca en tu té.

La mujer, atónita, afirmó su boca y se retiró corriendo a vomitar afuera.

Nuevamente solo, miró al velador a su lado y, con una lágrima en su rostro, observó una foto en un marco metálico.

—Oh Becca, aún te amo… no entiendo por qué tenías que cambiarme… ¡eres una zorra!

El hambre lo obligó a retomar el comer un poco del incomible pan que quedaba para recuperar un poco las fuerzas.

Los minutos pasaban. Entretanto, una mujer mucho más joven ingresó con una escoba, comiendo goma de mascar y escuchando música con audífonos, sin prestar atención de lo que le rodeaba.

Limpiando el desastre, la mujer ignoró al hombre que intentaba comunicarse con ella. Abraham, por su parte, buscó algo para llamar su atención.

No pasaron más de cinco segundos para que el marco metálico con la fotografía volara hacia la cara de la mujer; Abraham tenía excelente puntería.

El arma inusitada, con una de sus puntas, cortó como flan su pómulo izquierdo, que comenzó a sangrar. Perturbada, no pudo continuar limpiando y tuvo que retirarse mientras gritaba:

—Eres un enfermo, Abraham, lamento el día en que me casé contigo.

Entre lágrimas que quemaban su ojo derecho, imploraba el hombre:

—Pero yo aún te amo, Becca, ¿por qué no intentamos las cosas de nuevo? —cuando la mujer cerraba la puerta bruscamente.

La anciana madre volvió a ingresar enojada.

—¿Le cortaste la cara a Becca? ¡Eres un enfermo! ¿Cuándo me vas a devolver el anillo que me robaste? Necesito que te vayas de esta casa, me tienes aburrida.

Enojado, Abraham le gritó:

—¡Eres una puta sinvergüenza! ¡No te he robado nada! Yo creo que se te perdió a ti misma o te lo quitaron en el asilo y me culpas a mí, vieja de mierda. Además, esta es mi casa. Si no fuera por Becca, tú no estarías aquí; ella insistió en que me reconciliara contigo. Y desde que llegaste solo han pasado desgracias... ¡yo sé que tú me cortaste los frenos del auto!

Becca ingresó con un parche en su cara, diciendo:

—Mira, Abraham, yo sé que eres un bastardo intolerante, pero estamos en pleno siglo veintiuno, y si aún no puedes aceptar que tu madre y yo nos amamos, eres un simio retrógrado.

Así, Becca se abrazó con la anciana y comenzó a besarla, introduciendo su lengua en su boca presa de la pasión, para después jalar sus cabellos y acariciarse con mayor énfasis.

Abraham estalló en furia; no podía moverse mucho, por lo que solo les gritaba incoherencias, arrojando lo primero que logró alcanzar: la lámpara del velador, que no titubeó en golpear la cabeza de la anciana, haciéndola caer al suelo tras una herida considerable en su rostro y un nuevo derramamiento de sangre.

Una sonrisa se esbozó en Abraham. Las mujeres vociferaban insultos y se retiraron para detener el sangrado mientras volvían a dejar al protagonista solo.

El hambre era cada vez peor, por lo que volvió a comer trozos del nauseabundo pan. Cuidadosamente le quitó los trozos de moho. No es tan asqueroso, pensó, hasta que un pinchazo en el dedo lo detuvo. Era un pedazo de alfiler puesto obviamente con intención de ser tragado.

La desesperación de saber que en cualquier momento su psicópata madre podría atentar contra su vida lo hizo recapacitar. Esto va en serio; debo defenderme como sea, pensó.

Con muchísimo dolor en sus brazos, comenzó a arrastrarse hacia los pies de la cama, donde había un mueble con cajones.

El instinto de querer algo para comer o para defenderse le hizo olvidar por un instante la debilidad que sentía en los brazos. Y gotas de sangre salieron de algunos parches.

Becca había desorganizado todo. Donde solía haber ropa, ahora solo había desperdicios. Aparentemente basura inservible, claro que entre ellos había un chocolate de obsequio de su madre que decía "Para mi bebé". ¿En serio mi madre me dio un regalo? Incrédulo lo abrió, para nuevamente ser golpeado por la realidad al ver un papel que sobresalía del interior del envase de chocolate con la frase "Te amo, Becca".

Entre decepción y tranquilidad (ya que no estaría envenenado un regalo para Becca), devoró el chocolate completo. No se saciaba para nada el hambre, pero al menos sentía un poco más de fuerzas recuperadas. Saboreaba cada cuadrado de chocolate hasta que, dentro de un cajón, vio un martillo.

—Lo guardaré solo por si acaso —dijo mientras se intentaba devolver a la posición normal. Los dolores de las heridas insoportables lo forzaron a moverse muy lentamente; momento que aprovechó de guardar un trozo de la taza quebrada que yacía en el suelo cerca de la cama.

Pasaron las horas, y qué tedioso es estar completamente solo, sin nada de comunicación con el resto, por lo que el sueño terminó por vencer a nuestro protagonista.

A las cuatro de la mañana, el silencio y la oscuridad eran el escenario actual. Abraham dormía cuando la puerta se abrió silenciosamente. Era la anciana, que conservaba una venda en su cabeza. En una mano traía una vela para no advertir con el clic del interruptor y en la otra un gran cuchillo, acercándose a Abraham.

El sonido al pisar un cristal del suelo hizo que el hombre despertara, quien con pánico le gritó:

—¡Qué piensas hacer!

La mujer, respirando agitadamente con ojos desorbitados, enterró el cuchillo en una de las piernas del hombre sin remordimiento alguno.

Una risa incontrolable se apoderó de ella, mientras la sangre comenzaba a brotar. Abraham la miró con mucha extrañeza, diciéndole:

—Pero mamá, ¿qué estás haciendo? No tengo ningún tipo de sensibilidad en las piernas. No me duele ni nada.

Ambos, totalmente estupefactos, se miraban a los ojos sin poder creer lo sucedido. El cuchillo aún seguía enterrado en la pierna inerte; la anciana tomó una almohada y saltó sobre su hijo para ahogarlo.

El hombre, con sus brazos totalmente débiles, trataba de alejar sin muchas fuerzas a la anciana, sacando un trozo de la taza quebrada que había guardado y así poder enterrarlo en el cuello de la mujer.

Un grito endemoniado de la madre hizo que se abalanzara nuevamente hacia el hombre herido. Y, quitando el cuchillo de su pierna, se dispuso a intentar enterrarlo en su pecho. El tipo, desesperado, no podía hacer mucho, solo la intentaba alejar empujándola. Pero ella era tenaz, solo quería llegar a su propósito, por lo que en su insistencia le provocaba cortes al rostro y brazos del hombre.

—¡Por qué no te mueres luego y nos dejas en paz a nosotras! —dijo muy enojada, sin quitarse de encima de Abraham.

La violencia del momento bañaba de sangre las sábanas, la alfombra y las paredes. Así, continuaban ambos en una lucha torpe y lenta.

Repentinamente, y para poner fin a esto, Abraham logró alcanzar el martillo que descansaba entre las frazadas y con muy pocas fuerzas alcanzó a golpear el rostro de la ensangrentada mujer.

El golpe aleatorio resultó ser bastante certero; el martillo quedó incrustado entre la nariz y el ojo izquierdo de la mujer, haciéndola tambalear previo a perder el conocimiento mientras una cascada de sangre bañaba su blusa blanca.

El vaivén de la mujer la hizo caer sobre Abraham, pero no sin antes pasar a llevar la vela que se vertió sobre la cama, encendiendo rápidamente las frazadas.

Preso de la desesperación yacía Abraham, quien intentaba de todas formas huir del lugar, pero era imposible. La mujer inconsciente estaba sobre él, impidiendo algún escape, mientras la sangre brotaba de ambos por doquier. El dolor era casi imperceptible después de ver cómo lentamente el fuego consumía poco a poco el cuerpo de ambos junto con toda la habitación.

Un automóvil se alejaba del lugar rápidamente; era Becca, quien observaba el anillo de oro que le robó a la anciana. Detrás de ella, un bolso con otros objetos de valor robados de ambos, incluyendo dinero.

La mujer se miraba al espejo y sonreía, jactándose del buen botín que se había llevado. El camino expedito la recibió tranquilamente, por lo que intentó bajar la velocidad para encender un cigarrillo. ¡Pero, momento! Los frenos no funcionaban.

Haciendo memoria, repentinamente, imágenes vinieron a su mente. Ahí recordó cuando le explicaba a la anciana el "cómo cortar los frenos de Abraham". Una mueca de decepción fue lo último que se vio en el rostro de esta mujer antes de estrellarse a ciento veinte kilómetros por hora con un camión estacionado.

Psicosis en el Rosal de Stankovt, por Olga Arrauth (Colombia)

Un exhaustivo estudio clínico llevó al doctor Arturo Rivas a descubrir la lesión cerebral congénita de James Landor, un infante de apenas tres meses de vida. El diagnóstico de aquella enfermedad incurable indicaba una serie de repercusiones futuras en el comportamiento del paciente, ya que desde el punto de vista de los estudios científicos, médicos y forenses, otros pacientes que nacieron con la misma enfermedad de James, en la adolescencia cambiaron de personalidad y terminaron siendo homicidas o psicópatas peligrosos que llegaron a matar a vecinos, desconocidos y hasta sus propias familias.

No obstante, ni los estudios clínicos, ni el diagnóstico complejo, ni la predicción de los científicos respecto a la grave enfermedad del pequeño James, resultaron tan escalofriantes para el padre del paciente como fue la propuesta del psiquiatra de aplicarle la eutanasia para evitar males futuros. Propuesta que le pareció horrorosa, adversa e inhumana a Oliver Landor y le generó al doctor una serie de conflictos personales como el insulto que le profirió al decirle que el psicópata demente era él que quería matar a su hijo, su único hijo. Arturo Rivas lamentó luego el suceso tras ser brutalmente agredido por el padre de su pequeño paciente; que enloquecido de la ira atacó violentamente su humanidad, convirtiendo su consultorio en un revoltijo de añicos, adornos y cosas tiradas en el suelo. De no haber sido por una enfermera que pidió auxilio, Oliver lo habría matado a golpes.

El problema fue tan serio y grave que Arturo Rivas decidió abandonar el pueblo un tiempo. Pero como dejó allí su hacienda cuidada por su capataz Matías, dos décadas después, regresó y se hospedó allí clandestinamente. Nadie lo reconoció porque parecía un ermitaño por su místico y extraño comportamiento y su exuberante barba plateada. De esa forma mística era como vivía en Los Encantos. Allí pensaba quedarse hasta dar su último suspiro rodeado de la paz y la armonía de la madre naturaleza, la que tanto le gustaba a él y a su querida familia.

A pesar de vivir en Londres un tiempo, mientras estudió música, a Jacqueline también le fascinaba el campo, pero jamás pensó quedarse, porque trabajaba de instructora en Londres y era violinista de una orquesta filarmónica distinguida.

Gracias a la música clásica del violín ejecutado majestuosamente por Jacqueline, todos vivían contentos y felices. Arturo Rivas se sentía muy orgulloso de su hija y siempre le aconsejaba que jamás se apartara de la música. Porque el violín hacía de ella una mujer feliz, dulce, apasionada y cautivadora. Aunque tenía una voz seductora y hermosa, raras veces cantaba. Todas las mañanas solía contemplar la radiante luz del sol y el verdor fascinante de la naturaleza húmeda, escuchar la armoniosa melodía de los pájaros, percibir la fragancia de las flores del jardín, correr como loca hasta el establo solo para acariciar y besar a Azabache, su caballo preferido, un ejemplar fino y costoso que su padre le había regalado cuando cumplió sus quince años. Por las tardes salía a cabalgar por el bosque porque le encantaba ver las florecillas silvestres, las mariposas, los arroyos y comer mamoncillos.

Una tarde, de regreso por el sendero que conducía a la hacienda, un caballero se interpuso en su camino y le ofreció un racimo de uvas silvestres. Era el mismo que un día le había llevado una carta en la que le declaraba su amor y el deseo de ser su novio y esa tarde osadamente le pidió un beso. Los dos se besaron bajo los altos árboles tejidos de ramas y siguieron cabalgando hasta llegar a un arroyo de aguas cristalinas que exhortó a sus caballos a tomar agua. Allí, en medio de la colorida naturaleza de aquel atardecer hermoso, los dos volvieron a besarse. A pesar de las relaciones clandestinas de la pareja, los lazos de amor y amistad fueron floreciendo en sus corazones de forma grata y secreta.

En Los Encantos la entrada para los particulares estaba prohibida. Por eso nadie se atrevía a entrar sin permiso; sin embargo, un día, después de ganarse su confianza, amor y cariño, el novio de Jacqueline lo hizo, porque decidió pedir su mano para casarse con ella. Él esperaba ser aceptado por la familia por ser el hijo del hombre más adinerado y reconocido del pueblo; no obstante, cuando se presentó ante el doctor Rivas como James Landor, notó que en lugar de acogimiento y admiración, el doctor lo miró con espantoso asombro. Un asombro temeroso y extraño que resultó poco agradable para el joven enamorado. Ese día, tras abstenerse de conceder la mano de su hija, Arturo se retiró de la sala en silencio como huyendo de la presencia del novio, a pesar de saber de su linaje, prestigio y riqueza.

Deformado por el temor y la preocupación, el psiquiatra se dirigió al cuarto donde tenía todos los historiales y expedientes de sus expacientes y cuando abrió la puerta percibió el olor de la suciedad y el polvo impregnado en las carpetas de los armarios. Ese día no encontró el historial clínico de James porque había demasiados, pero pensó conseguirlo calmadamente tan pronto tuviera el tiempo disponible. Su obsesión por James Landor era tan grande que ese día por la noche soñó una escena aterradora en la que un hombre espiaba a su hija, que para desgracia estaba sentada en el barranco de un abismo y él se acercó para empujarla, pero Arturo espantó su intención con su grito de horror que le permitió a Jacqueline descubrirlo, huir de él y salvarse. Arturo despertó de la pesadilla llorando. Su esposa lo consoló diciéndole que ella no creía ni en los sueños ni en las pesadillas. Arturo le recordó que los sueños eran proféticos, porque revelaban algo. Y aquella pesadilla la había interpretado como un peligro inminente que se avecinaba para su hija Jacqueline. Al verlo triste y deprimido, Inés lo abrazó y le dijo que siguiera durmiendo, pero Arturo siguió hablando hasta tocarle el tema de James Landor.

—No me gusta el noviazgo de mi hija con ese hombre —expresó desconcertado.

—¿Qué más quieres? —replicó su esposa Inés—. En el Rosal de Stankovt las familias de bien darían un ojo para que James Landor fijara los dos ojos en sus hijas.

Arturo se levantó contrariado por la posición ambiciosa de su esposa.

—Me parece desagradable que pienses así, Inés.

—¿A dónde vas?

—A un lugar donde pueda mitigar mis penas y dormir tranquilo.

Mientras en Los Encantos el psiquiatra se obsesionaba con su ex paciente de forma tensa y negativa, en el Rosal de Stankovt, la psicosis y el terror se apoderaron de la gente a causa de unos crímenes misteriosos. Nadie había despertado la menor sospecha hasta que Arturo Rivas, conmovido por el asesinato de una fémina del pueblo, decidió denunciar al supuesto asesino serial, rompiendo con su silencio de antaño. El caso del asesinato de Candelaria Reyes, una joven que apareció estrangulada en un rastrojo cerca del río, le hizo recordar la escena que presenció una tarde cuando cabalgaba por una de las calles del pueblo y vio en el parque una pareja discutiendo. La joven le decía que iba a tener un hijo suyo y James disgustado le respondía que ese hijo no era suyo. Arturo tuvo que intervenir cuando vio que la agarró de las muñecas y la estremeció de forma violenta. Al mencionar el caso ante las autoridades, el psiquiatra tuvo que declarar y a raíz de su testimonio, las autoridades arrestaron a James Landor por ser el principal sospechoso del crimen de Candelaria Reyes y los otros asesinatos del Rosal de Stankovt. Pero su detención resultó corta debido a su inesperada fuga. Y las cosas empeoraron para los Rivas. La psicosis se apoderó de la gente del pueblo y nadie podía dormir ni vivir tranquilo; ni siquiera Arturo que vivía fuera del Rosal de Stankovt y que temía a una posible retaliación de venganza. Razón por la que consigue sabuesos de caza y arma a un grupo de hombres para custodiar su hacienda de día y de noche, logrando así su propósito de separar forzosamente a su hija de James Landor.

No obstante, días después, cuando Arturo descubrió el embarazo de su hija Jacqueline, terminó asombrosamente avergonzado y rabioso. Era tan grande su indignación que terminó odiando a James Landor por haber deshonrado a su hija y mancillado el honor de su familia. Nervioso y confundido por aquella situación personal, por temor a los prejuicios sociales, decidió sacar secretamente a Jacqueline de Los Encantos para ocultarla en Las Palmeras, la hacienda más recóndita del pueblo. Doña Paulina de Oliviert, la dueña, era su amiga de confianza. Propietaria de varias fincas y terrenos de la región, pero su hacienda era la más extensa, hermosa y lejana. Doña Paulina era una viuda rica, solitaria, vanidosa y excéntrica, que hacía un par de años se había venido de Nueva York a pasar su senilidad en su lujosa mansión campestre, donde vivía tranquila en medio de la naturaleza, acompañada por su mayordomo de confianza, una criada, un jardinero y tres peones. Pero con la llegada inesperada de Jacqueline su vida cambió inexorablemente para siempre. A pesar de los quebrantos de salud de muchos años, la presencia de la joven llenó a la anciana de alegría, fe y confianza. Se sintió tan bien que hasta pensó en su posible recuperación del mal de párkinson. Pero, pese al aura positiva que le inspiraba Jacqueline, había algo negativo que la viuda de Oliviert ignoraba y que nunca pudo percibir ni descubrir. Eran los problemas y preocupaciones personales de su entrañable amigo Arturo Rivas, quien no le comentó las circunstancias que lo movieron a llevar y ocultar a su hija en su misteriosa hacienda. Tampoco le refirió que en el Rosal de Stankovt había un asesino serial peligroso y que el principal sospechoso de los crímenes era James Landor, que tras ser capturado se había fugado de la cárcel, convirtiéndose en un peligroso prófugo de la justicia. No se lo dijo tal vez por desesperación, desconfianza o temor a que rechazara a su hija. Pues, de todas formas, ese día, cuando Arturo regresó en su coche a su hacienda Los Encantos, se encerró en su estudio a meditar y no pudo evitar su preocupación por la seguridad de su hija y la viuda de Oliviert. Consideraba una insensatez de su parte no haberle dicho la verdad a su amiga respecto a la verdadera razón por la cual había dejado a su hija en su hacienda Las Palmeras y con esta actitud veraz y sincera haberla prevenido oportunamente de la peligrosa y sombría presencia de James Landor, a quien creía capaz de cometer muchas atrocidades por conocer a través de su historial clínico su otro mundo, el de su enfermedad cerebral oculta, que ya empezaba a afectar su psique y a cambiar su personalidad.

Como psiquiatra experto, Arturo sabía que a los psicópatas les gustaba fingir y expresar gestos y palabras de falsa empatía y eran personas muy inteligentes. Particularmente a él le pareció que James no era tan sincero con relación al amor que le profesaba a su hija Jacqueline. Pensaba que su amor por ella no era tan intenso y genuino como lo mostraba.

Perdido en la incertidumbre, la confusión y el nerviosismo, Arturo abrió la segunda gaveta de su escritorio y sustrajo su vieja pistola que hacía años no portaba. Mientras revisaba y limpiaba el arma meticulosamente, pensó con coraje defender a su familia de James Landor en caso de que los atacara. Los malos presentimientos empezaron a atiborrar su mente de ideas negativas que en cada momento crecían bajo el fuego de la desconfianza y el resentimiento. Del estudio salió armado para el bar y allí se tomó un par de copas, contemplando a través de la amplia ventana el atardecer que luego tiñó la sombra de la noche. El mayor deseo de Arturo Rivas era sacar la visa para que su hija regresara pronto a Londres y de esta forma alejarla definitivamente de la vida de James Landor.

No obstante, el trámite de la visa se prolongó hasta varias semanas; semanas en las que el doctor Rivas tuvo que permanecer en la ciudad y que por esta razón, James Landor lo aventajó al encontrar a Jacqueline en Las Palmeras antes de que él volviera por ella.

En la hacienda Las Palmeras, Jacqueline no estaba ni tan protegida ni tan oculta como lo suponía su padre. Al contrario, estaba a expensas de un enemigo bestial, un ser humano ferozmente monstruoso, capaz de asesinar a sangre fría a varias personas juntas. Un apasionado asesino en serie que, tras descubrir su bella presencia en la mansión campestre, empezó a acecharla. Con suma educación logró infiltrarse en la familia Oliviert y ganarse su empatía y confianza, mientras forjaba en su mente enfermiza, planes oscuros y macabros para atacarla atrozmente.

Se convirtió en el protector de Jacqueline cuando pasó el trance de vivir espantosos sucesos en la mansión. Sucesos como la desaparición inesperada de la viuda de Oliviert, el hallazgo del cuerpo sin vida de su criada en la laguna, el extraño suicidio de dos trabajadores en el campo y la aparente ausencia del mayordomo que luego Jacqueline encontró muerto y decapitado dentro de un clóset que olía mal.

Tras descubrir y encarar al asesino, la joven es raptada y encerrada en el cuarto más tenebroso del sótano de la mansión. Como una película de terror fuera de la pantalla, Jacqueline vivió la peor pesadilla de su vida en medio de las tinieblas. Cohibida de la luz y la libertad, tuvo que someterse a los caprichos enfermizos y apasionados de su agresor, llorar, sufrir y suplicar por su vida todos los días. Y por las noches pensar con incertidumbre, angustia y horror en las únicas dos opciones posibles que le quedaban: la de morir asesinada o la de ser rescatada milagrosamente de las despiadadas manos del psicópata que despertó la más terrible psicosis en el Rosal de Stankovt.

RESEÑAS BIOGRÁFICAS

Andrea Arriagada Andrea Arriagada, de nacionalidad chilena, nacida el 17 de junio de 1982. Es una escritora autodidacta, se ha familiarizado desde muy joven con la escritura como una necesidad personal de expresión. Ha transitado por la poesía y los pensamientos, pasando al área narrativa con microrrelatos y cuentos de terror, siendo este último género su preferido y donde se encuentran sus más directas influencias. Instagram: andrea_blackheart

Axel Solache (Axel Solís Solache) es un autor de origen mexicano, nacido el 30 de agosto del año 2000. Maestro de primaria, egresado de la licenciatura en pedagogía en la Universidad Pedagógica Nacional. Con gusto por la escritura desde 2015. Influenciado por grandes escritores como Edgar Allan Poe, H. P. Lovecraft, Horacio Quiroga, entre otros. Instagram: Axel_SSolache. Correo de contacto: axel.ssolache@gmail.com.

C. Eduardo Cervantes V. (Carlos Eduardo Cervantes Vélez). Nacido en Quito – Ecuador, criado en Bogotá – Colombia, reside en Quito, orgulloso esposo, padre y, sobre todo, abuelo. Ingeniero Civil dedicado a las carreteras, lo que le ha permitido llegar a los lugares más recónditos de Colombia y Ecuador. En el año 2012, en su viaje a la India, obtuvo el título de Entrenador Certificado de Meditación Heartfulness (Sahaj Marg). Amante de la literatura, la historia y de la fotografía, y ahora de la escritura.

Carla Urdapilleta Licenciada en Letras Hispánicas por vocación, empezó a escribir desde la preparatoria. Se ha dedicado desde su titulación a la creación literaria enfocando sus esfuerzos en una novela que refleja su gusto por la magia. Inició en el mundo de la literatura con influencias de J. K. Rowling y Stephen King entre sus autores predilectos.

Cristiano Martínez Cristiano Martínez (Minas, 1991) es profesor de Literatura por el Instituto de Profesores Artigas (I.P.A.). Se desempeña como docente de Literatura en educación secundaria. A los ocho años escribió su primer poema y a los diez años ya era un voraz lector apasionado por los universos góticos, sobrenaturales y de terror. En poesía publicó *Deseos de invierno y muerte. Poesía* (2018). Su narrativa de universo sobrenatural y terror psicológico, fue conocida por primera vez en el año 2023 con la publicación de la novela *El octavo día de la semana*. Sus cuentos de terror sobrenatural, han sido publicados en diversas antologías del género en toda Latinoamérica, por editoriales como Alas de Cuervo (Colombia), Factor Literario (Chile) y Rubin (Argentina). Recientemente ha publicado *Nariz de sangre* (Ginkgo, 2024), su primera antología de cuentos de terror, fruto de una exploración profunda del horror y lo sobrenatural. Blog del autor Enlaces a redes sociales: YouTube: @crismautor Instagram: @crismautor Registro de escritores: Registro de escritores

Edgardo Aníbal García Es Licenciado en Sistemas Navales, Guionista y Novelista. Cursó Carreras de Grado y Postgrado en diferentes universidades. Ha escrito cuentos y microcuentos, siendo seleccionados varios de ellos. Es autor de la novela *El 45 y los pasos de la muerte*. Como historiador militar ha escrito artículos sobre Estrategia e Historia de la Guerra de la Triple Alianza. Prestó servicios en la Armada Argentina durante 40 años, alcanzando el grado de Contraalmirante. Es Veterano de la Guerra de Malvinas. Su pasión hacia el misterio, unido a su creatividad, lo llevó al ámbito literario. Vive en Argentina. Facebook: Edgardo Aníbal García.

Jorge Caroca M. Jorge Caroca M. (San Vicente de Tagua Tagua, 1990): Médico de profesión y amante de la fantasía y la ciencia ficción, aborda en sus cuentos el impacto de la enfermedad en las personas. Dentro de sus publicaciones están los relatos "Don Siniestro" (fanzine La Navaja Extraviada, 2023) y "El fin del mundo" (finalista del VII

Concurso de Cuentos Juan Bosch 2023 de la Fundación Juan Bosch y la Universidad Austral de Chile). Instagram: @jfcaroca.

Jorge Rojas Fuentes Jorge Rojas F. es profesor de Historia, desde el año 2021 dedicado a escribir relatos que entrelazan la historia, la mitología, el suspenso y el misterio. Su Instagram es jorgeedgardorojasfuentes.

Jimena Cherry Jimena Cherry, nacida en México en el año 2004, se ha dedicado a la literatura y a la escritura desde los seis años; escribe poesía, cuento, novela y ensayo. En 2019, ganó el Séptimo Encuentro Marista de Creación Literaria "Revbélate" con su poesía "La sombra del silencio", así como en 2021, el Noveno Encuentro Marista de Creación Literaria "Revbélate" con su ensayo literario *Ultraje a morir de hambre: la violencia contra el artista y el libre pensador*; obteniendo la publicación de ambos textos en dos antologías. En 2022 ganó el Certamen de temática libre de ITA Editorial (Colombia) con su cuento *Imago Morte* y sus poesías "Fuego incierto" y "Tu sombra entre tinieblas", obteniendo de igual forma la publicación de los mismos en la antología *Vasto Universo*. En 2023 fue editora en jefe de la revista de difusión cultural del Centro Universitario México CUM LAUDE, y trabajó como coordinadora académica del Cuarto certamen de cuento breve y política *Postales Literarias IV: Crisis contemporáneas* del Centro de Difusión y Documentación de Filosofía Crítica de la Facultad de Filosofía y Letras de la Universidad Nacional Autónoma de México. Actualmente está estudiando la licenciatura en Literatura Latinoamericana en la Universidad Iberoamericana. CONTACTO: Instagram: @jimenaacherry y @j.cherry.poetry Tiktok: @jimenaacherry Facebook: Jimena Cherry

Matías Lara De Nicola Matías Lara De Nicola, chileno nacido en el año 1990. Tuvo como motivación inicial a su abuelo Luis Lara, quien lo introdujo a la literatura e inspiró para escribir ensayos. Con el tiempo, ese tímido pasatiempo comenzó a despertarse, deseando contar historias enigmáticas con su primer relato en el 2013. Esa historia significó consolidar su pasión para escribir varios relatos más, de los cuales algunos están compilados en el libro *Recopilaciones recónditas de escapatorias misteriosas*, publicado en Amazon en 2022, mientras que otros, siendo seleccionados en diversas convocatorias latinoamericanas. Libro en Amazon (B0BQHMD2K7): Amazon Instagram: libro.recopilacionesreconditas YouTube: Libro-RecopilacionesReconditas

Mr. Eskiafo (Ricardo Toledo) Cada vez que le preguntan a Mr. Eskiafo (síganlo en insta) ¿Qué se supone que eres? La verdad es que nunca sabe qué responder. Él viene de un estrecho y neurótico país, llamado como un ardiente condimento. Y claro, siempre es exquisitamente difícil tener que manifestar esos litros de ideas que nacen a diario; traducir tantas emociones en grafías que intentan desatarse, desesperadas de cada página; esa esencia que muchas veces es una mezcla de felicidad, desolación, hedonismo, emocionalidad, ira extrema, comportamiento errático y mucho sueño. Se ve arbitrariamente obligado a ser resumida en un "hola, yo escribo porque me gusta", y es que claro, a la gente le gustan los resúmenes y a uno que le encanta teorizar horas, sobre lo genial que debe ser el tener a un amigo que quiera lavar dinero con mi arte. Nah, pero igual Mr. E los entiende, él ama escribir, pero odia leer y por lo mismo, sus historias buscan ser rápidas. Es que para revisarlas ¡Hay que leer todo de nuevo! ¡No, qué horror!

Necedad (Cuauhtémoc Castro) Con dos novelas ya publicadas (*La Encarnación de Medusa* y *Flash Ecléctico*), me he definido más por explorar el lado humano y emocional; más allá de crear escenas de acción y aventura, me gusta dejar reflexiones profundas sobre la vida. La necedad de escribir nos hace hermanos de letras, luchar por lo que nos apasiona hasta perder la cordura, nos une como humanos y derriba cualquier clase de fronteras. Nuestras palabras son gotas de tinta en el lienzo del alma. Puedes conocerme más en Necedad o escribirme cuando necesites hablar o ser escuchado: tulpanecedad@gmail.com.

Sandra García Young (Atenea) Mi página en el siguiente link: www.sandrigary.jimdofree.com. La talentosa artista, con una trayectoria diversa y multifacética, se adentra en el mundo del terror latinoamericano con su cuento "El regreso de la sombra". Con una formación en Educación Artística especialidad: Arte dramático y Bachiller en Arte, ha explorado diversas ramas del arte, desde la música hasta la actuación teatral. Su participación en obras como "La triste historia de una golondrina y dos gallinazos" y performances como "Homenaje a César Vallejo" evidencian su versatilidad y creatividad. Además, su colaboración en proyectos de atmósferas musicales para teatro y locución en spots de radio y películas animadas demuestran su destreza en distintos ámbitos artísticos. Su participación en comerciales, cortometrajes y películas, tanto como actriz principal como figurante, demuestran su compromiso y pasión por el arte. Con una amplia experiencia en el mundo artístico, la autora promete sumergir al lector en un relato terrorífico que no dejará indiferente a nadie.

Made in the USA
Columbia, SC
21 June 2024